지난 세월
어찌 잊으리

곰곰가족문고005

지난 세월 어찌 잊으리

김세호 지음

곰곰나루

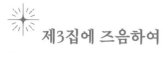

제3집에 즈음하여

　여든 고개를 넘기면 천수를 누리는 나이인데 그 고개를 넘을지 말지 누구도 알 수 없지요. 여든여덟은 고사하고 여든의 언덕을 오르는 것도 큰 복이라 생각합니다. 높은 꿈을 말하지 말고 오늘 내가 할 수 있는 사랑을 실천하기로 합니다. 사뭇 두려움이 밀려옵니다. 아주 작은 마음과 행동들이 나를 아름답게 한다는 사실을 왜 지금에서야 알았을까요. 옛말에 '늙으면 철이 든다'라는 말이 허튼 소리가 아님을 조금은 알 것 같습니다.

　제2집인 『일흔일곱에 나와 마주하다』를 내고 나서 다시 마음을 정리했습니다. 무엇인가를 생각하며 또다시 작은 글들을 쓰고픈 충동이 있이 다시 펜을 잡았습니다. 작은 마음과 하고픈 말을 글로 남기면서 다시금 뒤를 돌아보고 싶습니다. 작지만 나의 역사를 돌이켜보고 싶습니다. 충동이나 자만이 아니고 속 깊은 곳에서 움직이는 나의 '꿈틀거림'이라고 생각해 주세요.

　나를 아는 많은 벗님들! 주책이라 책망하지 마시고, 그저 바라만 봐주세요. 제1집과 제2집은 나와 나의 가족에 대한 것들이 많이 차지했습니다. 제3집은 나의 주위에서 일어나는 사랑과 슬픔, 병마 그리고 희망과 꿈, 배려를 담고 있습니다. 덩달아 무르익어가는 나 자신도 그려봅니다.

어느 날은 바르게, 어느 날은 휘청거리면서 나의 모습 그대로를 쓰고 또 그립니다. 인생의 마지막 나눔(Sharing)을 실천할 수 있는 기회를 주세요. 진실이 빛날 수 있도록 힘과 용기를 주세요. 그렇게 앞으로도 나의 길을 걸어가고 싶습니다.

차례

2부

3부

1부

지난 세월 어찌 잊으리!

허공에 메아리 퍼지듯
해변 모래톱 차듯
혼자서 온 길
자갈밭, 엄마와 손잡다가
50년간 아내와 어깨를 맞댄 시간

들새 지저귀는 조용한 시골길
예수님, 성모님 찾던 미사 시간
눈물 참던 세월

세계를 만나고
친구와 마음을 주고받은 많은 시간

오늘은 심신이 지치고 망가져
힘들게 걷고 있다.

심장 속에 앉아 있는
아들과 딸, 식구들

여섯 마리 종달새들
주위를 맴도는 사랑하는 사람들

아픔과 기쁨의 세월
어찌 잊으리.

이젠 작은 하늘배 타고
엄마가 있는 정원으로 가고 싶습니다.

길고 짧은 시간
주위에 맴도는 사람들
어찌 잊으리.

이젠 내려놓고
천천히 가고 싶습니다.

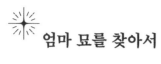

엄마 묘를 찾아서

2023.9.16.

하늘은 높고 가을바람이 살랑
잠드신 지 20년, 어제 같은데
우리 엄마 흰 머리처럼
나도 흰머리, 세월을 잡을 수 없네.

10여 년간 남편과 살다가
하늘나라로 급히 보내고
60년간 자식과 지낸 세월
눈물인지 행복인지 모르던 시간

지금은 무엇을 하고 있어?
먼저 간 큰누이와 만났는지?

남은 삼남매도
황천길을 닦고 있어

남은 자식들 걱정

하늘나라에서도 하고 있겠지?

엄마 걱정은 옛날이나 지금이나
자식 걱정, 건강 걱정이겠지?

남은 삼남매
오늘도, 내일도 열심히 살고 있어.

이런 날이면
하늘에 하얀 구름다리 만들어
면회하는 세상은 없는지?

곰곰 생각하며
기도를 드리네.

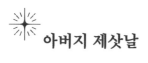

아버지 제삿날

2022.7.3.(음 6.5.)

매년 이맘때는 대개 가뭄이 계속되는 시기이다. 지금까지 경험한 바로는 가뭄이 계속되다가 얼마 지나 장마가 오곤 했는데, 올해에는 가뭄 한 중앙에 별안간 폭우가 내리는 이상기온이 찾아왔다. 서울뿐만 아니라, 고향인 서산에도 웬 날벼락처럼 밤사이 300mm 가까운 폭우가 쏟아졌다. 그 바람에 시골집 옥상이 범람해 옥탑방까지 물바다가 되었다. 갑자기 생긴 일이어서 급히 내려갈 수도 없었다. 옥탑방에 가득찬 물을 옥상 밖으로 퍼내달라고 아랫집은 물론 옆집에까지 부탁했다. 청소하고 바닥을 닦느라고 참말로 고생을 많이 하셨다. 시골집 주위로 세 가구가 있는데 급한 일이 있으면 항상 부탁을 드린다. 그때마다 자기 일처럼 물불 가리지 않고 우리를 도와주시니 정말 고마울 뿐이다. 후에 가면 큰 인사를 하리라.

이런 사건이 있은 후, 찜통더위가 기승을 부리다가 갑자기 폭우가 내리곤 했다. 좀처럼 종잡을 수 없는 날씨다. 그러다가 아버지 제삿날이 되었다. 아들은 해외 출장 중이고, 딸네도 아들이 코로나에 걸려 격리 중이었다. 하는 수 없이 우리 부부 둘이서 아버지 제사를 위해 용인에 있는 천주교 묘역으로 갔다. 일요일이어서 그런지 산소마다 인파가 장난이 아니었다. 우리 내외는 상석을 깨끗이 닦고 풀도 뽑고 산소를

정리했다. 준비해 온 음식을 놓고 정성스럽게 기도하고 절을 하였다.

제사를 마친 시간은 점심때였다. 마침 이곳에서 산역을 하시는 분들이 지나가니, 같이 식사를 하자고 권하자 허락하시어 차려온 음식을 먹었다. 술 한 잔씩을 들이키며 산소에 대한 이런저런 이야기를 하고 기분 좋게 헤어졌다. 우리 내외는 잔디에 앉아 지나온 과거를 생각한다. 결혼 초기에는 쥐꼬리만 한 월급을 받았다. 어머니와 두 아이, 우리 내외까지 다섯 식구가 살기에는 턱도 없는 돈이었다. 동네 구멍가게에서 외상도 하며 살았다.

그때에는 흔히 가정에서 장난감에 눈을 붙인다든지 하는 가내수공업이 있었다. 아내가 아침부터 애들을 돌보고 그 일을 하면서 부족한 월급을 충당하여 생활에 보램이 되었다. 고생도 고생이지만, 잠시 한 눈을 팔면 애들이 밖에서 놀다가 울고 싸움도 하니 역시 아내가 고생을 많이 하였다. 지금 생각하면, 한없이 고맙고 미안한 생각이 든다. 세월이 흘러 아내도 벌써 칠십 중턱에 와 있다. 류머티즘으로 한평생 고생을 하고 지금은 여섯 손자 뒷자리를 하느라 쉴 새 없이 고생이 많다.

저 멀리 구름이 흘러간다. 아버지 산소 잔디에서 옛날을 떠올린다. 이젠 우리도 기운이 딸리고 팔다리에 힘이 없다. 얼마 남지 않은 세월을 건강하게 보내는 것만이 우리의 소원이다. 고개를 떨구고 잔디를 보면서 아버지, 어머니도 천국에서 건강하시기를 기도한다. 훗날 하늘나라에서 부모님을 만나면 마음을 털어 놓고 이야기하고 싶다. 건강하시고 또 건강하세요. 우리 부부도 건강히 지낼게요. 부모님을 뵙게 될 그날까지 열심히 살겠습니다. 어머니, 아버지 보고 싶어요!

✦ 예, 갑니다

아내를 만나고
아들딸 낳고, 그러던 어느 날
엄마가 하늘나라로 갔잖아.

딸은 시집가서 남매 두고
아들은 장가가서 아들만 넷이야.

손자가 다섯, 손녀가 하나야
엄마는 증손주가 많으니까 부자야.

매년 봄가을에는 모두 손잡고
엄마한테 인사를 가잖아.

엄마도 알고 있지?
큰손녀는 미국 대학에 다니고
딸과 손자는 캐나다에서 공부하고 있어.

아들네 손자들도 열심히 공부하니까
엄마는 이제 아무 걱정하지 마.

아내가 젊었을 때 많이 아팠잖아.
지금은 건강이 좀 괜찮아져서
성당에 매일 나가서 기도를 드려.

나는 심장병, 신장병, 폐섬유증으로
밥도 싫고 세월도 싫고… 엄마 보고 싶어.

한두 해 지나면 면회를 할 것 같아
먼저 간 우리 가족들과 대화도 하고
한 번도 본 적 없는 아빠를 만나고
나는 참 복 있는 사람이네.

엄마, 곧 갈게.
예, 예, 곧 갑니다.

유일기기 40주년 및
제2집 『일흔일곱에 나와 마주하다』 출판 기념일에

2022.8.19.

아침부터 조바심이 난다. 초청 인사만 300명쯤이다. 참석이 확실시되는 분은 270~280명 정도. 하필 폭우가 내릴 것이라고 기상대에서 발표를 했다. 나는 조금 일찍, 아내와 함께 택시를 타고 집에서 출발하였다. 가는 중에는 날씨가 쾌청했다. 교통도 수월하여 예감이 좋다고 생각했다. 그러나 중간쯤 가자 택시 유리창에 한 두 방울씩 빗방울이 내리는가 싶더니, 검은 구름이 바람을 타고 서서히 동쪽에서 서쪽으로 이동하는 모습이 보인다. 마침 속초에서 오는 중인 변 사장과 통화를 했다. 올림픽대로 대전 입구 근처에는 폭우가 내려 차량이 거의 정지 상태라며 제 시간에 도착할지 걱정을 하였다.

전에는 일기예보가 엉터리였는데 요즘에는 정확하니 그것도 짜증이 난다. 이런저런 이야기를 하면서 행사장으로 가는 길, 차창 밖에는 제법 비가 세차다. 지금은 4시를 조금 넘은 시각, 행사 시간은 5시부터 8시까지이다. 걱정이 계속된다. 행사장 앞, 차도에서 내리니 빗줄기가 제법 거세다. 행사장에 도착하여 진행상황을 체크하고, 초조히 5시를 기다렸다.

5시 10분 전, 이쪽으로 오시는 손님들이 점점 무리를 이룬다. 밖에는 억수같은 비가 내린다. 요즘 우리나라 날씨는 아열대 기후로 돌변하여 폭우가 내리는가 싶다가도 햇빛이 쨍하다. 종잡을 수 없는 날씨다. 5시 정각이 지나자 하객이 반 정도 도착했다. 행사 시작 시간을 15분 정도 늦췄다. 5시 15분경에 자리를 보니 기적같이 테이블이 거의 찼다. 안도를 하고 행사를 시작하자고 얘기했다. 이 폭우 속에 참석해 주신 분과 하느님께 깊은 감사의 기도를 드린다. 개회사, 축사에 이어 기념사를 말하기 위해 내가 마이크를 잡았다. 그 기념사를 남기기 위하여 이곳에 기록하고자 한다.

"안녕하십니까. 저희 회사 창립 제40주년을 축하해 주시기 위해 우천에도 불구하고 이 자리에 오신 여러분들에게 감사의 인사를 드립니다. 나와 함께 동고동락을 한 직원들 그리고 가족분들…(…) 지나간 세월동안 어떻게 할까? 어디로 갈까? 망설일 때 나를 잡아준 분들은 여러분들이었습니다. 고맙고 감사합니다.(…) 77년 전 서산 갯마을 언덕에서 나고 자란 뱁새가 황새처럼 살려다 보니 눈물도 있었고 행복도 있었고 좌절도 있었습니다. 그 중 밤을 하얗게 보낸 시간들이 나를 이렇게 성장시켰습니다. 그동안 세계 50여 개국을 누비며 크고 작은 병원 140여 개를 건립하였습니다. 그 속에 참으로 긴 역사가 있었습니다. 그 많은 사연들이 주마등처럼 지나고 있습니다.

특히, 어려울 때 나를 잡아준 투철한 가치관 덕분에 오늘에 이를 수 있었습니다. 일흔일곱 해 동안 밤하늘의 별을 세다가 떨어지는 별들을 모아 『일흔일곱에 나와 마주하다』라는 책을 만들었습니다. 부끄럽고, 부족합니다. 이 모든 것들이 여러분의 덕분입니다. 오늘 이 말씀을 드리고자 이 자리를 마련하였습니다. 정말 고맙고 감사합니다. 특히 내 옆을 항상 지키고 고생한 아내에게 특별한 사랑과 감사를 전합니다. 언제쯤 모든 걸 내려놓을 수 있을까요? 날 위해서라도 다 비워야 하는데 아직도 갈 길이 멀어 보입니다.(…)

제2부 출판 기념식까지 끝나고 식사를 하면서 그간 인사하지 못한 얼굴들을 마주하였다. 이런저런 이야기를 하다 보니 화살처럼 시간이 지나갔다. 8시. 밖에는 계속 비가 내리는데도 좌석은 만원이었다. 우중에도 그렇게 많이 참석해 주신 분들에게 감사한 마음이다. 편안히 집까지 가시도록 간절한 기도를 올렸다. 피치 못할 사정으로 못 오신 분들의 행복을 위해서도 두 손을 모았다. 하느님-. 참 고맙고 감사합니다. 나를 아는 모든 분들 건강하시고, 행복하세요. 감사합니다.

성모상

서울 집에서도, 서산 집에서도
사무실에서도, 책상 위에서도
나를 항상 바라보시는 성모님

온화한 웃음 사랑스런 눈빛
성모님을 향하여 나는

도와주소서, 도와주소서.
기도를 한다.

어느 날 성모님 말씀
"너도 해보렴."

뛰는 가슴, 행복한 마음
남을 위하는 것이
기쁨이고 행복인 것을

오늘에서야 알았습니다
왜, 나만 생각했는지.

긴 세월
알면서 실천하지 못한 나

이제야
성모님의 말씀을 알 것만 같습니다.

그러나 성모님
나도 도와주세요, 다시 청한다.

되돌이하는 마음
아직도 아직도, 나는 크고 있습니다.

성모님 웃음 속에
사랑이 있습니다.

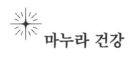

마누라 건강

아침저녁으로 제법 쌀쌀한 기운이 맴돈다. 환절기가 되면 아내는 자다가도 다리에 쥐가 나서 고생을 한다. 혈당이 높아지고 어느 때는 가슴도 답답하다고 한다. 휴-. 길게 한숨을 쉰다. 오늘은 정기 검진을 받는 날. 아침을 먹지 않고 둘이서 보라매병원에 갔다. 병원과 우리 집 사이는 한 2km 정도이다. 아들은 차로 가라고 하지만, 우리 부부는 건강을 생각하여 걷는 것이 습관이 되었다. 아침 일찍 피검사와 동맥 경화 검사를 하기 위해 부지런히 병원을 향했다.

병원은 아침부터 만원사례다. 어찌 이리도 아픈 사람이 많은지 이리보고 저리 보아도 환자들이 병원 복도를 가득 메우고 있다. 특히 노인들이 많다. 서글픈 풍경이다. 우리 부부도 이곳 보라매병원을 누 달마다 찾으니 늙은 노인이다. 아내는 젊어서부터 류머티즘 때문에 고생을 많이 했다. 그 여파로 약을 계속 많이 먹으니 약이 중독되어 심장병이며 당뇨병이 생겼다. 그 중에서도 무서운 것은 당뇨다. 꾸준히 운동을 하고 마사지를 받으면서 이겨내려고 노력하지만 쉽지 않다. 이제는 더 나빠지지 않기만을 바랄 뿐, 그 병들과 같이 늙어가지 않으면 안 될것 같다. 우리가 할 수 있는 것은 스트레스를 받지 않고, 꾸준히 운동하는 것뿐이다.

우리 내외는 시간이 좀 나면 보라매 운동장을 걷지만, 요즘은 그것도 뜸하다. 그래서 이곳저곳이 아픈 모양이다. 병원 검사 결과는 심각한 지경이 아니어서 다행이었다. 의사 선생님 말씀이 열심히 걷는 게 좋다고 하신다. 가능하면 주말마다 시골집에 가서 맑은 공기를 마시며 동네 한 바퀴를 도는 운동이 필요하다. 이번 동절기가 지나고 새 봄이 오면 주말에 서산 시골집에 가는 계획을 하루 정도 연장하기로 마음먹었다. 서울에서 금요일 아침 일찍 출발해 시골에 도착하면, 이곳저곳을 다니며 깨끗한 공기도 마음껏 마시고 스트레스를 받지 않는 시간을 많이 가지고 싶다. 젊어서 일을 많이 했으니 시간을 두고 천천히 노년을 보내고 싶다.

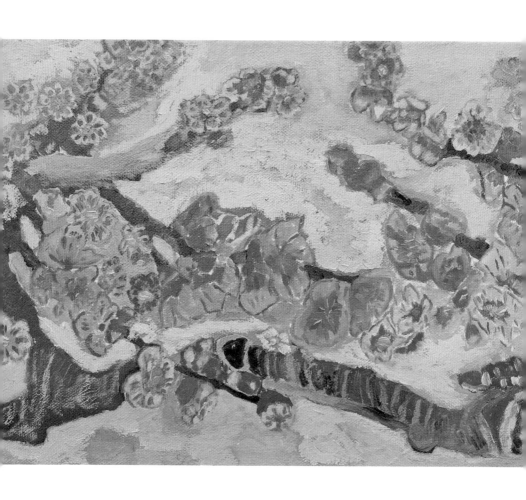

사랑이란

너와 내가 있으면
사랑이 됩니다.

네가 멀리 있으면
외로움이 있고
네가 나와 같이 있으면
웃음이 있습니다.

너와 내가 같이 있으면
가끔은 다툼이 있지만

네가 멀리 있으면
소식이 그립습니다.

너와 내가 같이 있으면
힘이 되고
사랑이 되고
행복이 됩니다.

결혼한 지 47년

2022.12.23.

내 나이 스물아홉
아내 나이 스물여섯
그 해 12월 23일
결혼을 했다네.

하늘 보며 별들을 세고
꼬불꼬불 고갯길을 넘고
여름에는 냇가에 발을 담그고
맨발에 눈속을 헤맨 세월

50년 세월이 내 앞에 있다네.
서로의 얼굴 보며 주름을 세고
하얀 머리 염색도 해본다네.

우리 앞에 있는
자식과 여섯 명의 손자들

오늘만 걱정을 접자
호텔 식당에서 식사를 하고
고급커피도 마신다네.

걸려오는 전화
손자 손녀 소식에
미소 짓는다네.

어릴 적 옛날 시골집

나는 철이 들면서 옛날 어린 시절을 생각하고 싶지 않다. 우리 집은 먹을 것이 없어 가난한 집도 아니었지만 내세울 것도 없었다. 단 아버지 없이 엄마 혼자 위로 누이 셋과 나 이렇게 다섯 식구의 생계를 책임져야 했다. 우리 엄마가 새벽부터 밤까지 일하지 않으면 먹고 살 수 없는 그런 형편이었다.

당시 어느 집 하나 부유하게 살고 있는 집이 없었다. 어머니는 집에 아버지가 안 계신 이유로 남의 눈에 거슬리면 동네에서 따돌림 신세가 될까 봐 걱정하셨다. 매일 아침 밥상머리에서 엄마는 "남의 물건에 손을 대지 마라", "거짓말을 하지 마라" 하고 귀에 딱지가 날 정도로 우리 4남매에게 말씀하시곤 했다.

조금 철이 들었을 무렵이다. 초등학교에 갔다 오면 나는 돼지와 토끼에게 풀을 주고 닭 모이를 챙겼다. 그건 집안에서 아주 중요한 일이었다. 큰누이는 식솔을 줄이려고 19살에 일찍 소원 갯마을로 시집을 갔다. 둘째누이와 셋째누이는 벌이를 하기 위해 읍내까지 걸어 나가서 용돈을 벌었다. 나와 엄마는 마당 귀퉁이에 있는 텃밭 혹은 산비탈 밭에 콩을 심곤 했다. 밭과 논에 김을 매기도 했다. 또 다른 일을 하면서 해가 빨리 떨어지기를 바라는 그런 세월을 보냈다.

어느 추운 겨울 날, 땔감이 없어 이불을 아랫목에 깔고 다섯 식구가 발만 이불 속에 묻고 잠을 자는 때도 많았다. 사립문 옆의 돼지우리에는 항상 배가 고프다고 꿀꿀대는 돼지들이 있었다. 헛발질로 내 발을 차면서 화를 풀고는 했다. 내 발가락 끝만 아플 뿐이었다.

봄날이 되면 엄마는, 암탉의 알을 부화하여 병아리를 많이 늘리기 위해 애썼다. 그 닭이 알을 낳으면 나에게 주기도 했다. 장날이면 읍내에 나가서 병아리를 팔아 돈을 벌었다. 그것으로 내 등록금을 마련하고 온 식구의 필수품을 사는 것이 그 시절 생활의 연속이었다.

우리 집은 돼지 냄새, 닭 냄새가 나는 작은 집이다. 작은 부엌에 딸린 안방, 그리고 윗방이 있다. 겨울에는 윗방까지 온기가 전혀 가지 않아서 다섯 식구가 안방에서 생활을 했다. 그러나 여름날에는 윗방이 최고다. 윗방 문을 열면 텃밭이 보이고 가끔은 시원한 바람이 불어온다. 아주 작은 방이지만 나의 비밀스런 방이다. 유일하게 남자인 나는 윗방을 독차지하는 때가 많았다. 여름을 제외하고 항상 이불이 깔려 있는 나만의 특별한 방에서 중학교, 고등학교 시절을 보냈다.

가끔 서산에 가서 옛날 우리 집이 지금도 있는지 없는지 확인한다. 궁금한 누이들이 우리 집에 대해 물으면 아주 변하여 모르겠다고 거짓말을 하곤 했다. 어느 날은 차를 타고 손자들과 아내와 그 길을 지나쳤지만 내가 옛날에 살던 집이라는 말을 차마 하지 못했다.

언젠가 혼자 차를 몰고 가다가 길에 차를 세워놓고 밖에서 집안을 들여다보았다. 너무나도 작고 지저분한 집. 그곳에서 엄마와 우리 식구들의 생활이 고생은 아니었더라도 자랑스러운 추억은 하나도 없다. 아침부터 저녁까지 어린 내가 방방 돌며 이리 뛰고 저리 뛰던 생각밖에 없다. 겨울에는 추운 겨울을 지내기 위해 몰래 남의 산에 가서 나무를 한 기억도 있다. 앞산에는 작지만 우리 가족의 산도 있었다. 솔가지들

을 꺾어 방을 따뜻하게 하는 것이 겨울나기에 가장 중요한 일이었다. 일요일마다 앞산에 가서 나무를 한 기억이 생생하다.

당시 내 또래들이 나무를 하는 일은 없었다. 대개 형들이나 아버지가 하는 일이었다. 우리 집에는 아버지가 안 계셨으므로 내가 일을 안 할 수 없었다. 엄마와 누나들은 여자이고 돈벌이를 하기 위해 집에 있다가도 없는 형편이니 학교에 가지 않는 일요일에는 하루 종일 일을 했다. 그래서인지 지금도 그 앞을 지나게 되면 못 본 체하고 옛날집이 있는 재박이를 그냥 지나간다. 고향 땅, 재박이 언덕. 나를 만들고 키운 곳인데 말이다.

지금은 정원수가 가지런히 있고 앞뜰에는 넓은 잔디밭을 갖춘 서산집이 있다. 이런 집을 만든 심정을 아는 사람은 오직 한 사람, 하늘에 계신 우리 엄마라고 생각한다. 봄이 되면 옛날 우리 집을 몰래 혼자서 찾아가고 싶다. 돼지우리, 토끼장, 닭장들, 그리고 작은 부엌에 크고 작은 까만 솥 등. 지금도 그곳에 있을까? 어떻게 변했을까? 가보고 싶다.

누이나 다른 사람이 물으면 그 집이 없어졌다고 항상 말하지만 작년까지 그 집은 그곳에 있었다. 지금도 그대로 있을까. 혹시 없어졌을까. 걱정이 되고 몹시 궁금해진다. 봄이 되면, 한번 찾아가보고 싶다. 그 어린 시절의 옛날 집을.

마누라 75세 생일

온 식구
긴 식탁에 마주앉아

푸짐한 음식 가득
가장 큰 기쁨은

손자들 작은 편지
마음의 소통

손자들 작은 편지
읽고 또 읽고

하나, 둘
추억이 겹치네.

가는 시간
밀고 당기는 세월.

가을비

지척, 지척 내리는 가을비
보라매공원을 걷는다.

누구는 우산을 쓰고
누구는 비를 맞으며

개의 안내를 받는 사람
지팡이에 몸을 맡긴 사람

지척, 시척 내리는 가을비
손바닥에 가을을 느끼니

가을비 속에
세월이 가고 있다.

졸, 졸 가을비 모아 도랑을 일구고
도랑은 조잘조잘 소리를 모은다.

가을비는 가슴 안으로
깊이 파고드네.

아! 가을비―
겨울이여 오지 말고

가을비에 단풍잎 드는
이 계절에 멈추어 서자.

지금, 나는 나를 말하고 싶습니다

지금도 나는 나를 말하고 싶습니다. 먼저 간 엄마의 이야기를 하고 싶고, 형제들의 이야기를 하고 싶고 그리고 나의 이야기를 하고 싶습니다. 국민학교 때 학교를 파하고 혼자서 도로의 돌부리를 차면서 집으로 돌아오던 어제의 이야기를 하고 싶습니다. 책가방 메고 재를 넘던 그런 나의 이야기. 힘들어 하시던 엄마의 모습. 모래톱 바닷가를 거닐던 누이들의 이야기를 하고 싶습니다.

나는 바다를 보고 하늘을 보고 그러다가 내 마음 속 응어리를 보고 나의 이야기를 합니다. 중학교 시절 자취를 하면서 때로는 먼 길을 통학했던 나의 이야기. 가슴이 아픈, 그때의 이야기. 허기를 물로 채우던 상처도 말하고 싶습니다. 의견이 다른 친구와 싸우다가 울고, 분해서 하늘을 보며 외치던 일도 이야기하고 싶고 달콤했던 첫사랑의 이야기도 하고 싶습니다.

길섶의 꽃 이야기도 하고 싶고, 날아가는 새들의 사연도 이야기하고 싶습니다. 내 손을 놓지 못하고 돌아가신 외할머니의 슬픈 이야기도 하고 싶습니다. 시집 간 누이 집에서 맛있게 밥을 먹던 이야기도 하고 싶습니다. 기나긴 사연. 지나가버린 나의 역사를 말하고 싶습니다.

직장을 가지고, 아내를 만나 아이들을 키우던 이야기도 하고 싶고, 어머니와 아내의 이야기도 하고 싶고, 둘만의 알뜰한 사랑 이야기도 하고 싶습니다. 이렇게 하고 싶은 많은 말들이 글로 쓸 수 있어 참 다행입니다. 직장 생활 10여 년 동안 아슬아슬 줄 타던 이야기도 하고 싶고, 젊은 나이 36세에 회사를 만들어 40여 년 동안 힘겨웠던 일들도 말하고 싶습니다.

전 세계의 많은 나라를 다닌 이야기, 경험 많은 전문가의 자격으로 세계 무대에서 펼친 무용담도 이야기하고 싶습니다. 스리랑카, 인도네시아, 베트남, 피지, 북한, 아프리카, 중동에서 지칠 줄 모르고 일했던 젊은 시절 나의 이야기를 자랑삼아 이야기하고 싶습니다. 세계 50여 개국을 다니면서 웃고 울던 이야기, 넘어지고 일어나던 그런 이야기를 하고 싶습니다. 그 많고 많은 이야기들이 지금 여든 고개에서 다시 고개를 듭니다.

손자들 이야기도 하고 싶고, 아내의 하루하루의 일들을 이야기하고 싶습니다. 사랑하는 사람들과 행복을 더하고 불행을 쪼개면서 나누고 싶습니다. 심장병, 신장병, 폐섬유증으로 힘들어하는 나를 간호하는 마누라의 이야기. 자정이 지난 새벽에 글을 쓰는 나를 걱정하는 아내의 눈빛도 이야기하고 싶습니다. 네 개의 다리를 편하게 쭉 펴고 자고 있는 Latte. 어느 날 내가 아픈 표정으로 앉아 있으니 옆에 와서 얼굴에 혀를 비비고 슬픈 눈으로 나를 위로하는 Latte의 이야기도 하고 싶습니다.

나의 몸이 시소가 된 사연도 이야기하고 싶습니다. 80여 년 세월의 이야기를 주위 사람들에게 전하고, 위로 받고, 그들의 아픔도 위로하고 싶습니다.

나는 새로운 것을 만들고 싶습니다.

보내지 아니하고
맞이하며
밀어내지 아니하고
안아주리라.

겨울이 가고 봄이 오는 마당에서
개나리꽃을 만들고 벚꽃을 만들고
고귀한 목련도 만들리라.

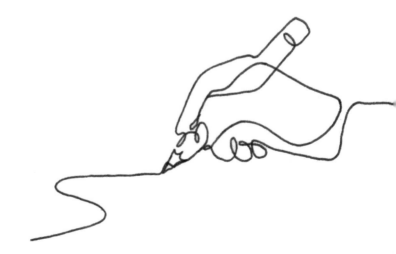

잔디 한 귀퉁이
노랑 국화 꽃밭도 만들리라.
아기 참새의 둥지도 옆에 놓으리라.

죽어가는 것이 아니고
태어나는 것들을 만들리라.

지팡이를 짚은 이가 아닌
아장아장 걸어오는 아기의 모습을
그리리라.

새롭고 예쁜 것들을
만들리라.

새롭고 힘 있는 것들을
만들리라.

할머니

아빠 엄마에게
조르면 안 돼.

할머니한테 말해야지.
내 옷, 동생 옷, 형아 옷
모두 할머니가 사주시지.
책가방도 할머니가.

"할머니한테 조르면 다 돼."
할아버지 말씀.

우리 할머니는
요술 할머니.

44

✦ 친구

따르릉, 따르릉 소리

이름 없는 번호
화면에 뜨면

받을까? 말까?

저 멀리에서 "세호니?"
처음 듣는 음성.

"응!" 짧게 답하니
오십년도 지난 소꿉친구.

반갑다, 반갑다
건강하냐.

나이 여든 고개
말 속에 든 걱정

황천길 동무 되자
말하는 것 같네.

어디 사냐? 손자들은?

어린 시절, 다시 소꿉친구 되어
흙밥도 먹고 가마도 타고

청춘을 말하다가
황천 동네 이야기.

친구가 좋고 가족이 좋고
이승이 좋지.

지나간 세월도 좋지
"건강해, 건강하자."

마누라 나들이

먹을 것 챙기고
커피를 넣고

약도 빼먹지 않고
짐이 한 가득

1박 2일 시골집 가는 일
참 요란하다.

Latte는 엘리베이터 앞에서
눈물이 그렁그렁,

"같이 가요."
끙끙댄다.

Latte야, 할머니 인사하고
할아버지하고 놀자.

고개 숙이는 Latte.

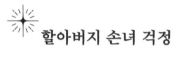

할아버지 손녀 걱정

2023.12.

올해 말 대학 입시를 앞둔 손녀 소민아. 지금까지 노력한 결과가 나타나는구나. 할아버지는 좋은 대학이 바로 좋은 인생이라고 생각하지 않는다. 자기가 하고픈 것을 하는 게 중요하지. 그리고 최선을 다하는 마음이 중요하단다. 자신을 버리고 희생하는 마음도 중요하고. 넓은 마음을 가져야 넓은 세상을 만난단다.

캐나다에서 수영을 하고 춤도 추며 좋아하는 일을 즐길 줄 아는 우리 소민이가 물리학 공부까지 열심히 하는 모습을 보면서 할아버지는 늘 기특했단다.

성격이 좋고 마음씨도 고운 우리 소민이. 뭐든 하고자 하는 노력이 있으니까 우리 소민이는 잘될 거야. 좋은 대학이면 좋겠지만 결과가 어쨌든 괜찮아. 할아버지는 소민이가 캐나다에서 대학을 다녔으면 좋겠어. 안전하니까. 그런데 소민이는 미국이 좋다고 했지? 그래. 네가 좋은 학교에서 좋아하는 공부하기를 늘 기도할게.

무엇보다 건강하여라. 너의 인생은 네가 책임지는 것이다. 우리 손녀 파이팅!

노인

눈 감을 시간도 없이
일하던 시절

두 다리 잰걸음으로
산 넘고 물 건너

걷고 또 걸었던 나날
그래도 그리운 그날

아침에 한 말 또다시 하는
정신 나간 노인이 되진 않을까.

귀가 멀어 소리가 들리지 않고
눈이 침침하여 잘 안 보이는

외로움과 그리움을 분간 못하는
슬픈 노인이 되진 않을까.

추하게 늙어가지 않을까.

흰 머리칼이 자연스럽게 휘날리는 날

노인과 내가 정답게
손잡고 걷고 싶다.

진료 받는 날

기다란 복도
네모난 의자 속에 앉은 군상들

서로 눈을 마주하지만
말이 없다.

네모난 상자 속에 갇힌
이름을 보고 또 본다.

차례를 기다린다.

사르르 문이 열리면
웃는 사람 우는 사람

조금 더 살자고 약봉지 쥐고
지하철에 몸을 맡긴다.

소복이 쌓인 약상자에
약봉지 하나 더,

나에겐

희망의 동상.

나

희망, 꿈, 의지
조용히 나 아닌 다른 나를 본다.

긴 세월 외줄 타고
혼자서 온 시간들

가슴 속에 쌓여 있는
많은 생각들

돌아보면 조금은
안심이 된다네.

젊은 시절 큰 변화를 향해
돌진만 하던 나

후회도 있지만 다시
그 길을 갈 것 같은 나

지금 내 시간이
석양에 있다네.

머릿속에서, 가슴속에서
돌고 돈다네.

새로운 생이 내게 있다면
처음부터, 끝까지 세계를 돌아야지.

희노애락을 만들고
새로운 길만 걸어야지.

혼자가 아니고 함께도 아닌
그 길을

오직, 나만의 길을 걸어야지.

내가 어떤 삶을 살아
나의 존재를 '영원의 겨울'에 담을까?

어느 날 은하수 속에서 새로운 별이 되었다. 엄마별도 식구별도 옹기종기 그렇게 작은 별집에서 작은 빛을 발하고 있다.

내가 어른별이 되어서야 아픔이 있음을 깨달았다. 형제별이 고통 속에 살고 있는 모습도 알게 되었다. 하늘나라에서 나고 자라는 동안 가치(Value)를 배우고 사랑, 미움, 질투의 감정을 느끼기도 했다. 그러다가 예쁜 별을 만나 결혼을 했다. 예쁜 별과 손잡고 은하수를 걷고 멀리 여행을 떠나기도 했다. 가끔은 집을 잃어버리는 순간들도 있었다. 그러다가 아들별을 만나고 딸별을 만났다. 어느새 웃음 가득한 동산에 서 있었다.

그러던 어느 날 엄마별, 형제별이 하늘을 떠나 먼 지구로 갔다. 언젠가 나도 예쁜 별과 아들별과 딸별과 손주별을 두고 실개천이 흐르는 강가에서 한 그루 나무가 될 것이다. 봄이 되면 꽃을 피우고 가을이 되면 열매를 맺고 그 향기를 따라 하늘나라에 보낼 것이다. 작은 실개천이지만 그곳에는 정말 마음이 착하고 예쁜 새들과 작은 물고기가 살고 있을 것이다. 아무런 걱정이 없고 아주 행복한 개울가 나라일 거다.

새로운 나라 지구에 가면 봄에는 실개천 맑은 물로 거울을 만들어 그곳에 나의 가치를 담고 싶다. 그러면 이곳을 찾은 인간들이 거울 속 가치를 들여다볼 수 있겠지? 새로운 나라에 가기 전에 몸이 썩기 전에 아름다운 가치를 실천해 지구에 가서 영원한 거울에 담자. 누가 보든지 말든지 마음의 부자가 되려면 맑고 영원한 거울에 담자. 혹시 손주별들이 지구에 찾아오면 할아버지별이 아름답다는 생각이 들도록 해야지.

병원에 정신없이 와글거리는 별님들. 웃고 있는 별님, 울고 있는 별님. 놀고 있는 별님도 있고 새로운 나라 지구에 가려고 병원 별집에서 차례를 기다리는 별님도 있다. 하늘나라도 좋고, 지구도 아마 좋을 것이다. 오늘도 아내별과 손을 잡고 맛있는 식사를 하고 싶다. 앞으로 지구에서 개울가 실개천에 작은 싹을 틔우고 싶다.

내 마음은

2023.4.23.

떠오르는
태양이고 싶습니다.

파란 바다의
흰 돛단배이고 싶습니다.

어린이가 바라보는
무지개이고 싶습니다.

비 오는 날
우산이고 싶습니다.

늦가을, 하늘을 나는
기러기고 싶습니다.

황홀한
저녁노을이고 싶습니다.

오솔길 향기 높은
들꽃이고 싶습니다.

여름날, 물장구치는
아이이고 싶습니다.

내 마음은
...
...
...

석양에 노을이 집니다.
붉은 하늘을 바라봅니다.

나는 황홀한 석양을 만들고 싶습니다

2023.4.

긴 병마 속에 체력이 고갈되고 면역이 떨어졌다. 급기야 폐렴으로 응급실에 입원하는 사태가 발생하였다. 그간 신장병과 심장병으로 여러 해 동안 고생을 했다. 신장에 해가 되는 음식을 삼가면서 영양부실로 체력이 고갈되었고 백혈구가 저하되면서 면역이 떨어지는 어처구니없는 사태가 발생하였다. 아침저녁으로 기온의 차이가 심하더니 급기야 이번에는 감기에 든 것이다. 제때에 치료를 하지 못하고 폐렴 증세를 가져왔다.

며칠 뜬눈으로 싸우다 심한 기침 때문에 약을 복용하고 동네 병원에서 링거를 맞기도 했다. 그럼에도 가래와 기침은 끊이지 않고 열까지 오르는 상태가 되었다. 몸은 점점 쇠약해졌다. '급한 상황이 오면 보라매 응급실로 입원하라'는 의사 선생님 말씀이 떠올랐다. 그길로 아무런 준비도 없이 병원에 입원을 하였다.

검사 결과, 염증 수치가 매우 높게 나왔다. 폐렴이 심한 것은 물론 지병인 섬유증이 재발하여 숨이 가쁘고 가래와 기침이 쉴 새 없었다. 담당 선생님께서는 섬유증이 진행중이라며 지금 쓰고 있는 신약(부작용이 아주 심하다)을 더 증량할 수밖에 없다고 말씀하셨다. 어두운 기운이 얼굴을 스친다.

폐섬유증은 현재 우리나라에 환자도 많이 없고 개발된 신약도 겨우 두 종류다. 나의 경우 하루에 3정을 먹는데, 부작용으로는 식욕이 없고 전신에 가려움증이 있어 피부가 홍조를 띄게 된다. 외형적인 가려움이나 홍조는 그렇다 치고 식욕부진으로 기운을 내기가 힘들었다. 가뜩이나 신장 때문에 음식을 조심하는데 잘 먹지 못하니 면역력이 떨어질 수밖에 없다.

젊은 시절 폐결핵을 앓고 몇 년 전 급성 폐렴으로 고생을 하였는데, 이번에는 또 폐섬유증이라니 눈앞이 캄캄하다. 선생님은 관리를 잘해야 3년 내지 5년 정도 연명한다고 말씀하셨다. 이제는 나에게 남은 시간이 정말 얼마 없다. 몸이 아픈데도 정신력은 높고 꿈은 더 선명하다. 만나는 사람마다 모든 일을 접고 쉬라고 권한다. 그럴수록 나의 정신은 용강로에 쇠를 달구듯 더 단단해진다. 내 꿈은 높고 때로는 숭고하기만 한다.

나에게 남은 몇 년, 지금까지 하지 못한 일을 성취하고 나의 가치와 우리 회사를 위하여 죽은 순간까지 최선을 다할 것을 다시 다짐한다. 할 수만 있으면 회사의 Line도 개척하고 인원도 증원할 계획이다. 앞으로 2년여간 몸이 가루가 되도록 최선을 다하고 나의 목숨이 다할 때 '살아생전 최선을 다한 사람'이라는 그 아름다운 말을 듣고 싶다.

어려운 환경에서 서산 갯마을 팔봉산의 정기를 받고 태어난 나. 이국 땅 로키산맥이나 알프스산맥의 정기를 받았다면 나는 어떤 '인물'이 되었을까. 가난으로 정규 수업도 받지 못했지만 세계 50여 나라에서 150건이 넘은 프로젝트를 수행한 나. 오로지 진실만을 말하고 행동한 결과로 우리나라에서는 이 분야의 선도자가 되었다. 왈칵 눈물이 난다.

어머니는 왜 나를 이렇게 두고 가신 걸까. 약한 내가 이 험난한 세상을 이기기에는 정말 힘이 든다. 그러나 옆에는 아내와 자식이 있다. 열심히 일해 주는 직원이 있다.

인생의 노을이 지고 있다. 이 해가 서녘에 떨어지기 전에 나는 반드시 황홀한 석양을 만들고 싶다. 말없이 소리 없이 짧은 시간에 하늘을 최대한 붉게 만들고 사라지고 싶다. 그것만이 이루고 싶은 나의 꿈이다. 열심히 돈을 벌어 나보다 못한 사람들을 위하여 나의 목숨도 삶도 다 바치고 싶다.

하느님, 이 소원이 이뤄지면 이 한몸 석양에 바치겠습니다. 아주 붉은 석양을 위하여 이 몸과 마음을 다 바치겠습니다. 점점 노을이 물들고 있습니다. 나의 소원을 들어주소서. 이루어지게 하소서. 내가 살아온 가치를 위하여 나의 꿈을 지키기 위하여 최선을 다하는 몸이 되게 하소서.

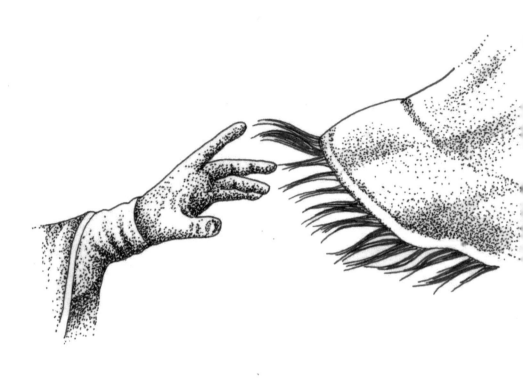

하느님

어려움이 있을 때
고통이 왔을 때
간절할 때
하느님을 찾는다.

하느님은
하늘나라 어디에 계시는지

주소도 모르고
이메일도 모르고
전호번호도 모른다.

하느님!
우리 대화 좀 해요.

하느님!
제발 부탁합니다.

Latte의 변신

할아버지, 할머니 그리고 나
세 식구 식사 시간

할아버지는
콩알만 한 고기 던져주고
할머니는
하늘만 한 고깃덩이 내민다.

할아버지는 왜
콩알만큼, 콩알만큼, 주나?

할아버지 마음이 변했다.
나는 할머니가 좋다.
맛있는 고기가 좋다.

"고기를 많이 주면 사료를 안 먹어."
"나쁜 습관 들면 Latte 어떻게?"
할아버지 말씀

"아니야, 아니야"
나는 맛있는 고기가 좋아.

습관도 안 들어―
진짜야!

"쾅―."
짖는다.

벤츠 마이바흐
− 옛날 통학 길을 가며

비가 옵니다.
장대같은 비가 옵니다.
우산도 없습니다.

버스가 지나갑니다.
가야 할 길이 멉니다.
계속 비가 옵니다.

앞과 뒤에
아무도 없습니다.
혼자 걷습니다.

계속 비가 옵니다.
비에 젖은 옷의 무게가
천근입니다.

그러나 가야 합니다.
어둠이 깔리기 전에
엄마 가까이 가야 합니다.

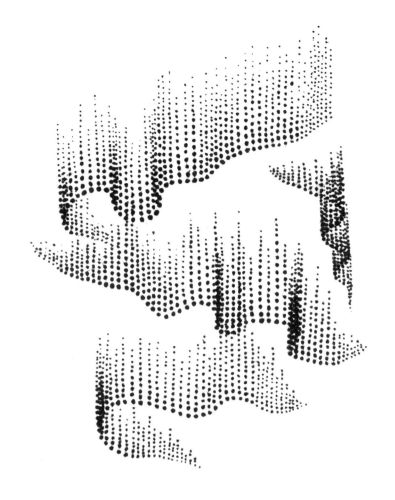

신발 속에서 음악이 솟습니다.
옛날 비 맞고 가던 길
이제는 옆에 아내가 있습니다.

비도 어둠도 없는 길
조용히 차를 몰고 갑니다
그 옛날 가던 길을.

신체검사 준비

2022.7.13.

생전 처음
돈다운 돈을 주고
몸수색을 맡기네.

머리, 뱃속,
팔, 다리, 육신 모두
살살이 조사하네.

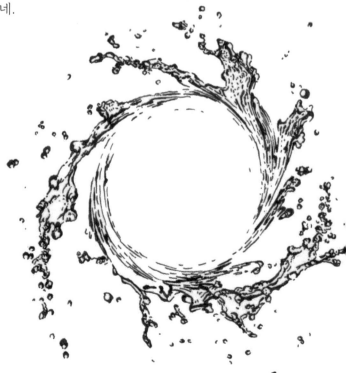

입에서부터 끝까지
물과 약으로 청소하니

밤새도록
메스껍고 괴롭다.

속이 텅 빈 몸속에
카메라가 들어온다.

구석구석 돌면서
촬영을 한다.

OK를 기다린다.

건강
— 병고 후 공원을 걸으며

힘이 없다.
어지럽다(Feel dizzy).
가슴도 아프다.

조심스럽다.
걸음을 옮긴다.
피가 돈다.

가고 있다.
휴우!
살 것만 같다.

그래
걷는 것이 건강이지.

Walking is health.

빨랫줄

가을 햇살이 따갑다.

세탁기에서 나온
이불, 수건, 빨래들

장대 끝에 줄을 매고
가을바람을 부른다네.

살랑살랑 내 어깨에
빨랫줄에 앉는다네.

시원한 가을바람
따뜻한 가을바람

가을해님 가을바람
함께하니

바스락바스락
빨래도 춤을 춘다네.

이불에도 수건에도
앉아보는

빨강 고추잠자리
어디서 날아왔나.

샘이 난 가을바람
휘-익 몰려와
잠자리와 놀고 있다네.

병(Disease)

― 병상에서

다리가 아프다.
무릎도 아프다.
허리도 아프다.

세월이 가면 늙는 것
무엇으로 막으랴.

숲을 찾는다.
바다를 찾는다.
걷고 또 걷는다.

움직이는 것이 병을 이긴다.
병과 같이 걷는다.

그것만이 순리라네.

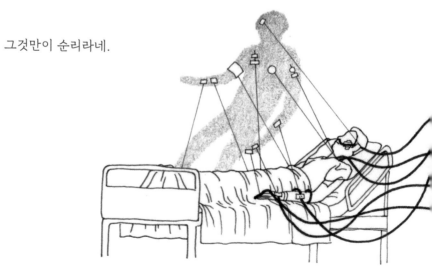

들국화

이른 봄, 잔디 옆 귀퉁이에
국화 한 무더기를 심었지.

바람에 쏠리고
빗님도 자주 못 본 탓에

잔디 옆에 누워
겨우 얼굴만 내밀고 있지.

대문 앞 코스모스
마냥 하늘이 좋아.

돌 틈 사이에서도
하늘 보며 크는데

그저 누워만 있는
국화

가을에는 예쁜 노랑꽃
피워야 하는데.

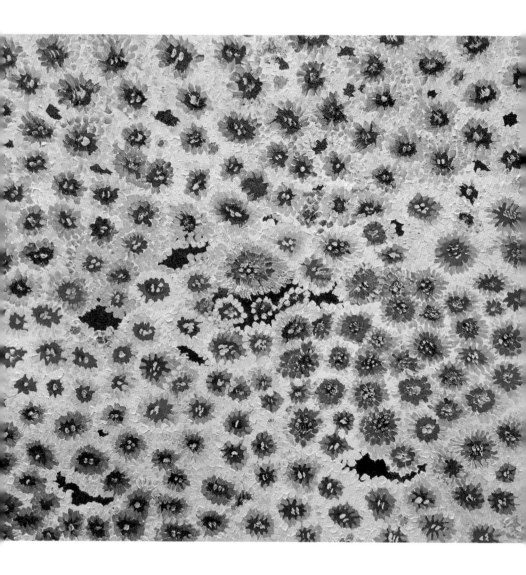

마음

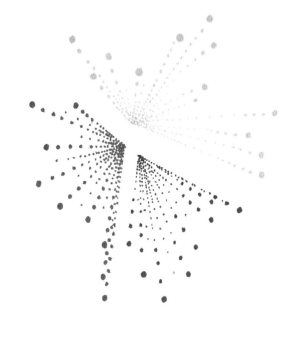

파란 마음
노랑 마음
빨간 마음

시시때때로
변하는 마음

처음 가진
그 마음이고 싶다.

변하는 하늘을
물끄러미 바라본다.

한 덩치 바람이 몰려와
구름을 밀고 있다.

나의 마음도 살짝
변하고 있다.

Just be here now!
ㅡ 그저 지금은 사는 것

뒷산에 올라
시들어가는 더덕 줄기를 잡고
조심스럽게 검은 흙 헤치고 보니
통통하게 살찐 더덕 뿌리

더덕아
줄기는 죽어가는데
너는 통통하구나.

아니 뭐,
내년에 새순을 내려고

아, 그렇구나!

앉은 다리에
힘이 없는 나,

더덕의 한 마디에
힘을 얻는다.

오늘도 내일도

Just be here now!

Latte 생각

언제는 할머니가 좋고
언제는 할아버지가 좋다.

나를 늘 챙기는 분은
할아버지.

밥을 주고 물도 준다.
매트도 깔아준다
미용이랑 목욕도 시켜준다.

내가 할아버지만 좋아하면
할머니는 얼마나 슬플까.

할머니와 할아버지가
외출하고 돌아오면
할머니에게 먼저 달려간다.

기쁘다 기쁘다
매달리며 좋아한다.

밤이 되면
할아버지 침대 옆에 누워

"할아버지… 기분 나쁘지 않지?"
애교를 부린다.

우리 세 식구 평화를 위해서
찡긋, 눈웃음치며 할아버지 등을 민다.

"요놈!"
할아버지는 내 엉덩이를 때린다.

하나도 아프지 않다.

나의 꿈인 세계 여행은 사라지고

2023년 4월 5일. 마누라와 같이 일본여행을 하고 집으로 돌아왔다. 그간 몸에 쌓인 피로와 면역력이 땅에 떨어졌다. 기침으로 시작한 감기. 처음에는 대수롭지 않게 생각하고 동네 병원에서 약을 처방 받아 먹었다. 링거도 맞았다. 감기는 좀처럼 나을 기미를 보이지 않았다. 기침으로 꼬박 3일간 밤을 새웠다. 열도 났다. 급기야 보라매 응급실로 입원하게 되었다. 열은 38.6도, 폐렴으로 심한 상태라고 했다. 폐섬유증이 진행되고 있다는 뜻밖의 이야기도 들었다. 약 8일간의 입원으로 폐렴의 염증 수치가 어느 정도 낮아져서 퇴원을 했지만, 숨이 가쁘고 심지어 세수하기도 어려운 처지가 되었다. 갑자기 앞날이 캄캄했다. 폐섬유증은 멈추지 않을 기세였다. 나의 운명은 예단할 수 없는 지경이었다.

한참 후 폐렴이 가라앉으니 마음이 조금은 평안해졌다. 폐섬유증의 활동도 잠잠해진 듯했다. 의사 선생님 처방으로 신약을 하루 3알씩 먹었는데 2알을 추가하여 하루 5알을 먹게 되었다. 몸의 가려움증은 물론 얼굴에는 홍조가 나타났다. 부작용이 커서 낮에는 절대로 빛을 볼 수 없었다. 밤에만 활동하게 된 것이다. 만일 낮에 밖으로 나갈 경우에는 얼굴이며 손등을 완전히 차단해야만 했다.

낮 시간이 없고 올빼미 신세가 되었다. 새로운 신약을 주문하였는데, 약을 받으려면 보름 정도 시간이 걸린다고 한다. 병도 병이지만 우

주님의 기도

하 계신
우리아버 아버지의
이름이 거룩히 빛나시며
아버지의 나라가 오시며 아버지
의 뜻이 하늘에서와 같이 땅에서도
이루어 지소서! 오늘 저희에게 일용할
양식을 주시고 저희에게 잘못한 이를 저희가
용서하오니 저희 죄를 용서하시고 저희를 유혹에
빠지지 않게하시고 악에서 구하소서 아멘. 하늘에
계신 우리아버지. 아버지의 이름이 거룩히 빛나시며 아버지
의 나라가 오시며 아버지의 뜻이 하늘에서와 같이 땅에

서도 이루어 지소서! 오늘 저희에게 일용할 양식을 주시고 저희
에게 잘못한 이를 저희가 용서하오니 저희죄를 용서하시고 저희를
유혹에 빠지지 않게 하시고 악에서 구하소서. 아멘. 하늘에 계신
우리 아버지. 아버지의 이름이 거룩히 빛나시며 아버지의 나라가 오시며
아버지의 뜻이 하늘에서와 같이 땅에서도 이루어 지소서! 오늘 저희에게
일용할 양식을 주시고 저희에게 잘못한 이를 저희가 용서하오니 저희 죄를
용서하시고 저희를 유혹에 빠지지 않게 하시고 악에서 구하소서. 아멘.
하늘에 계신 우리아버지. 아버지의 이름이 거룩히 빛나시며 아버지의 나라가
오시며 아버지의 뜻이 하늘에서와 같이 땅에서도 이루어 지소서. 오늘 저희에게 일용할
양식을 주시고 저희에게 잘못한 이를 저희가 용서하오니 저희 죄를 용서하시고 저희를
유혹에 빠지지 않게 하시고 악에서 구하소서. 아멘. 하늘에 계신 우리 아버지.
아버지의 이름이 거룩히 빛나시며 아버지의 나라가 오시며 아버지의 뜻이 하늘에서
와 같이 땅에서도 이루어 지소서! 오늘 저희에게 일용할 양식을 주시고 저희에게
잘못한 이를 저희가 용서하오니 저희죄를 용서하시고 저희를 유혹에 빠지지 않게
하시고 악에서 구하소서. 아멘. 하늘에 계신 우리 아버지. 아버지의 이름이 거룩히
빛나시며 아버지의 나라가 오시며 아버지의 뜻이 하늘에서와 같이 땅에서도 이루어

리 소민이가 대학에 합격하면 둘이서 세계 여행을 가기로 약속했는데 이제 여행은 끝이다. 갑자기 폐렴이 발병하면 응급대처도 곤란하고 긴 시간 움직이면 숨이 차니 꿈은 깨졌다. 아마도 그런 호사스런 일이 나의 일생에는 있지 않은가 보다. 앞으로 무엇을 해야 하나 생각하지만 황홀한 저녁노을을 만들 수밖에 없겠다는 생각이 든다.

지금 생각으로는 우리 유일이란 회사를 크게 성장시키고 어떠한 처지에서도 살아갈 수 있는 튼튼한 회사로 만드는 것밖에는 없다. 나의 최대의 꿈인 세계 여행을 접고 내가 세운 회사를 위하여 남은 시간을 헌신하고 싶다. 그밖에 다른 방법이 없으니 참 허망하다. 지금도 몸이 불편하지만 직원을 증원하고 아이템을 늘리고 어느 회사보다 멋있는 회사를 만들 것이다. 이 어려운 일을 하지 않아도 되는데 굳이 해야만 하는 내 성격이 가끔은 원망스럽다.

지금까지 살아오면서 그냥 지나가면 되는 일도 다시 생각하고 일을 크게 벌이니 그것도 고생이다. 그러나 어쩌겠는가. 해야만 하는 것을! 다시 힘을 내자. 최선을 다하자.

목소리

나의 목소리는
강하고 뚜렷하다.

지인들은 목소리로
내 기분과 건강까지 짐작한다.

폐렴으로 폐섬유증으로
목이 잠기고 탁해졌다.

몸이 좋고 나쁨에 따라
목소리가 변한다.

목소리가 전처럼 돌아오니
아내가 기뻐한다.

식구들도 손뼉을 친다.
항상 옛날에 살고 싶다.

초겨울 아침

창문을 드르륵 열면
새소리 간간이 들렸다 사라진다.

주둥이를 깃털에 묻고
초겨울 추위를 원망하는가.

아침 내내 울던 소리
가만히 접고 있다.

기러기 떼 갸-옥, 갸-옥
아침 하늘에 그림 그린다.

앞뜰 마당에는 참새 한 마리
벌-쩍 벌-쩍 줄넘기 하고.

초겨울 아침 햇살
눈부시고 포근하다.

이불 속 한 가족

한잠 자고 나니
등뒤에 무엇인가 있다.

Latte다.
귀엽고 예쁜 녀석을
품안에 안고

다시 이불을 덮는다.
가슴을 파고드는 Latte.

아침에 눈을 뜨고 보니
Latte는 그대로
내 품 속에 있다.

우린 한 이불 한 가족
오늘도 내 양말 한쪽을 물고
장난을 친다.

아마도
헤어지고 싶지 않은가 보다.

조그만 소망(Just a little wish)
— 병상에서

밤새 뒤척이다
잠든 새벽
조금만, 조금만 더 자고 싶다.

휘청거리는 다리를 끌고
보라매공원 한 바퀴 돌고 싶다.

Latte 목줄 잡고 낙엽 밟으며
푸른 하늘을 보고 싶다.

아니, 고향 재 너머 푸른 바다
모래사장을 걸어보고 싶다.

어린 시절
무지개 보고 뛰놀던 시절

조금씩, 조금씩
되돌아가고 싶다.

나의 몸(My body)

2023.1.

　영하의 날씨. 요즈음 시베리아 찬 공기가 한반도에 급습하여 추위가 기승을 부린다. 밖에 나갈 때에는 털신을 신고 옷도 여러 겹 입고 모자도 쓴다. 기침을 하면 위험하니 감기라도 걸릴까 봐 늘 걱정이다. 2년 전부터 신장병으로 음식을 조심하고 약도 먹고 있지만 콩팥의 기능이 40%를 걸도니 여간 신경이 쓰이는 게 아니다. 중학교 때는 결핵을 앓았고 5~6년 전에는 급성 폐렴으로 폐가 안 좋아졌다. 이제는 신장병으로 잘 먹지를 못하니 폐가 조금씩 굳어지고 있다. 몸의 균형이 일그러지고 있는 것이다. 그렇다 보니 기관지가 나빠져서 가끔 기침을 한다.

나는 결핵이 있을 때의 트라우마가 있어 기침을 할 때마다 매우 긴장을 한다.그래서 기관지에 좋다는 도라지 등을 생으로, 청으로 먹는다. 젊어서 결핵 때문에 한잔도 하지 않던 술은 육십이 넘어 조금씩 알게 되었다. 그것도 조심스러워 한 잔 아니면 두 잔 기분 좋게 마시곤 했는데 이제는 의사 선생님이 절대 안 된다 하니 속이 상한다. 요즈음 술 생각이 간절하다. 어머니 산소에서 제사를 지내고 남은 청하를 마시기도 했다.

초저녁, 기분 좋게 잠을 청하여 자고 눈을 뜨니 밖은 고요하고 깊은 밤중이다. 밖을 내다보니 하얗게 눈이 내린다. 창문을 드르륵 열고 내리는 눈발을 보면서 생각에 잠긴다. 빨리 봄이 왔으면 좋겠다. 날씨가 따뜻해지면 기운이 날 것도 같다. 힘 있게 운동을 하고 Latte와 보라매 산책도 갈 것이다. 체력을 보강하여 우리 소민이하고 세계 여행을 해야 하는데 걱정이다. 적막한 어둠 속, 나만 혼자 앉아 빛을 밝히고 있다. 힘내자, 마지막 인생의 장식을 위하여!

내 몸은 시소다

놀이터 한 가운데 시소가 있다.
내 장기 속에도 시소가 있다.

한쪽이 올라가면 한쪽이 내려온다.
내 몸도 마찬가지다.

올라갔다 내려왔다 한다.
나이 들어 찾아온
신장병과 폐섬유증.

상대성 병마와 싸워야 한다.

폐에게 이로운 음식을 먹으면
신장에 해가 오고

신장에 맞는 음식을 조절하자니
폐에 섬유증이 발전한다.

이러지도 저러지도 못하는 상태

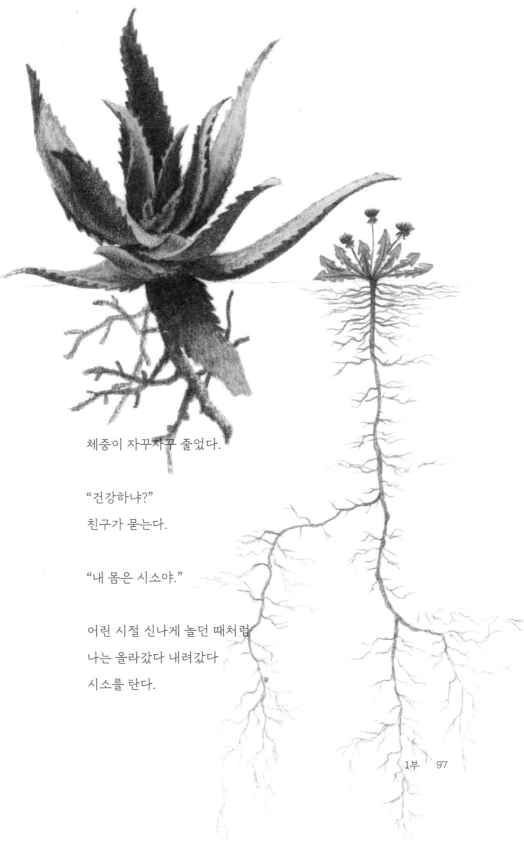

체중이 자꾸자꾸 줄었다.

"건강하냐?"
친구가 묻는다.

"내 몸은 시소야."

어린 시절 신나게 놀던 때처럼
나는 올라갔다 내려갔다
시소를 탄다.

흰머리

검은머리와 흰머리
사이가 좋았는데
흰머리가 이겼다.

흰머리 싫어
검은머리 염색했는데

심술쟁이 병마가
흰머리 하란다.

생각보다 싫지 않네
연륜도 있어 보이고.

머리 감기 편하고
빗질 안 해도 돼.

남은 시간
Latte의 털을 빗질해 준다.

Latte가 껑-충
나도 껑-충

새로운 하루를 시작한다.

바다에 살고 싶다

배 한 척 만들어
큰 섬, 작은 섬을 오가며
작은 정을 나누고
돈도 벌고

아침에는 흰 쌀밥
점심에는 물고기를 잡아먹고
저녁에는 조개를 캐서 조갯국 끓여먹고

바람이 불고 풍랑이 일면
배를 묶어 놓고
하루 종일 방바닥에 누워 잠을 자고

조용한 밤이 되면
흐르는 은하수 불빛을 따라
노를 저어

달빛이 흐르는 물길을 따라
닻을 올려

어둠이 깔리면
이 섬 저 섬 기웃거리며
섬사람을 지켜

바다에 살면
파도처럼 높았다가 낮아졌다가
바다 물길 따라
흘러가며 살고 싶다

그렇게
그렇게
바다에 살고 싶다.

천국에 나만의 성당을 짓고 싶다

삶과 죽음
천당과 지옥
천사와 악마
다툼과 후회를 뒤로 하고
천국에 작은 성당 짓고 싶네.

꽃이 피지 않고
새가 울지 않아도
조용히 생각하는 작은 기도 방
천주님과 마주하는 성당에서

예수님, 성모님과
이야기하고 싶다네.

백조의 노래
― 울부짖음

긴 세월

꿋꿋이 걸어온 뒷길

옆길도 보지 않고 온 그 길

이젠

저 푸른 하늘을 향하여

훨훨

날아야 하는 시간

백조는 죽기 전에

하늘을 향해 울부짖다가

생을 마친다지

그것이 백조의 노래

내 몸에 걸쳐 있는

모든 것을 훨훨 털어버리고

가볍고 흰 마음으로

고뇌의 울부짖음을 높게 하고

하늘을 향하여

창공을 향하여

날고 싶다

몸부림이 크면 고통도 크겠지
날갯짓 작게 하여
가볍게 날자
백조처럼.

시간

시간
무엇인지 알 길이 없네.

지금도
지나가고 있다네.

다시는 오지 않는다는
말을 남기며

지나가고 있다네.

나는 지금
무엇을 해야 하는가.

시간은
뒤를 돌아보지도 않고
앞으로 가면서
따라오라 손짓하네.

빛이 가듯 쉼이 없네,
잰걸음으로 따라갈 뿐.

2부

내 이름은 Latte
— 할아버지 입원할 때

3박 4일 혼자서
현관문을 빠끔히 쳐다보고 있다.
항상 있던 할머니 할아버지가
보이지 않는다.

가끔 고모부가 물이랑 밥을 주고
청소도 해주지만
밤이면 할아버지 넓은 침대에서
혼자 잔다.
옆구리 한 쪽이 텅 비어 있다.

해질 무렵,
할머니와 할아버지가 나타났다.
다리를 동-동 구르고
꼬리를 치고
멍-멍 원망도 했다.

할아버지는 몸이 아픈지

침대에서 움직이지를 않는다.
할아버지 옆에 누워 가만히
숨소리를 듣는다.

으-응
할아버지가 뒤척이며 소리를 낸다.
다리에 힘을 주어
할아버지와 등을 마주 대었다.
오랫동안 느끼지 못한 온기가
전신에 퍼진다.

"할아버지, 이제
절대 헤어지지 말자."

눈물이 납니다
― 병고를 치르면서

가슴 깊은 곳을 보면
엄마 생각
아내 생각
자식 생각
눈물이 납니다.

옆에서 Latte가
고개를 묻고
눈을 마주하니
눈물이 납니다.

말없이
서로 쳐다보는 눈길이
나를 슬프게 하니
눈물이 납니다.

지나간 세월속의 나를 보니
눈물이 납니다

그냥

눈물이 납니다.

손등(The back of my hand)

무슨 말을 먼저 해야 할까? 손등에 대하여 이야기를 하려 하니 망설여진다. 오늘은 하루 종일 빗줄기가 세차다. 어제부터 내린 비가 그칠 줄 모르고 계속 퍼붓는다. 오랜만에 서산에 왔다. 우산을 쓰고 앞산도 보고 뒷산도 보았다. 텃밭에 뿌린 코스모스가 얼마나 컸는지 궁금해 집 밖을 서성대기도 했다.

그러다가 점심때가 되었다. 손자 현서가 고르곤졸라 피자를 먹고 싶다고 조른다. 만리포 해수욕장이 있는 '진달래 먹고 물장구 치고'라는 식당을 향해 차를 몰았다. 가수 이용복 씨가 경영하는 식당인데 피자가 맛있는 집이다.

흐린 날씨리 얼굴이며 손등에 장갑을 끼지 않았다. 그런데 웬일인가. 가는 중에 손등의 가려움증이 점점 심하게 느껴졌다. 급기야는 손에 쥐가 나서 손가락이 뒤틀리는 듯 저려왔다. 길을 가다 잠시 차를 멈추어 마시지를 한다. 손에 크림을 바른다. 햇빛을 차단해야만 한다. 그럼에도 계속되는 가려움증은 나를 미치게 한다.

이것은 폐섬유증 신약인 '피레스코' 약을 먹은 후부터 부작용으로 나타난 증상이다. 얼굴이며 손등에 홍조 현상이 심하고 가려움증이 동반된다. 무마하려고 마사지를 하고 손등을 심히 비벼서일까. 살결이 벗겨져 피부가 극도로 얇아졌다. 한참만에야 진정하고 간신히 점심을 먹었다. 식당에서 크림을 빌려 다시 듬뿍 바르고 조심조심 집까지 왔다.

집에 막 도착하자 캐나다에서 지내는 손녀한테 전화가 왔다. 그 이야기를 하니 "할아버지 정말 바보야? 비가 온다고 자외선이 없어?"라며 큰소리로 화를 낸다. 손녀가 내 걱정을 해주니 마음이 찡하다. 햇빛이 뜨거운 서울에서는 낮에 밖에도 나가지 못한다. 5층 사무실과 6층 집만 왔다 갔다 해도 햇빛이 창문을 파고들어늘 흰 장갑을 끼고 다닌다. 우리 여직원인 은지 씨가 보기 좋지 않았던가 보다. 예쁜 꽃무늬가 있는 손가락이 나오는 장갑을 선물하여 주었다. 누구도 나의 손등에 관심이 없었는데 장갑을 선물해 주니 그 마음이 얼마나 고마운지, 은지 씨의 착한 마음을 알 것 같았다.

나는 폐섬유증 약 부작용으로 머리에도 가려움증이 심하다. 특히 손등에는 흉한 홍조를 넘어 검은 상처가 생겼다. 그럼에도 가까운 직원들이 보는 둥 마는 둥 자기 일에만 관심이 있으니 서운한 마음도 들었다. 반면 친구들이나 성당에서 아는 분들은 먼발치에서 나를 보며 다가와 슬픈 눈으로 걱정한다. 감사하고 정말 고맙다.

어떤 분은 성당에 미사를 드리거나 매일 기도를 해주신다. 전화로 안부를 묻고 때로는 식사를 같이 하기도 한다. 나의 건강을 걱정해 주는 따뜻한 이들이 있는 걸 보니 지금까지 내가 막 살아오지는 않았다는 생각이 든다.

일요일 저녁, 서둘러 서울로 올라오는 중에도 비는 쉼 없이 내린다. 서울에 오자마자 피부약을 먹었다. 책상 뒷자리에 아내, 아들, 작은누이가 사준 많은 장갑을 보면서 꼼꼼하게 챙기지 못한 나를 원망한다. 약을 먹고 하룻밤이 지나니 손등과 머리의 가려움증이 사라졌다. 휴-우, 안심을 하면서 나를 챙기지 못한 나를 책망해 본다. Latte도 할아버지가 걱정되었는지 옆자리를 지킨다. 마누라는 더덕과 잔대를 갈아주며 이틀간 가려움증에 고생한 나를 챙긴다.

앞으로 신약인 '퍼레스코'와 '오페브'를 먹으며 겪게 될 부작용을 생각하니 앞이 캄캄하다. 이 일을 언제까지 해야 할까. 오후가 되니, 창문을 뚫고 자외선이 강하게 들어오는 느낌이다. 마누라와 아들이 온라인에 접속하여 차광막을 주문하였다.

손등 때문에 며칠간 휴일을 정신없이 보내고 나니 체중이 줄었다. 그러나 이 길이 내가 가야 하는 외길임을 안다. 참고 견디며 그렇게 가자. 다시 고마운 분들에게 이 기회를 빌려 감사의 인사를 드린다. 나 혼자였다면 앞이 더욱 캄캄했을 것이다.

마사지

신장병, 폐섬유증으로
마사지를 받는다.

몸에 조금 이상이 있어도
피검사 전에도 출장 전에도
항상 찾는 마사지샵.

지금은 중독되어
몸의 한 부분이다,
내 몸을 지탱하는 마사지.

피의 흐름도 신장 수치도
염증 수치도 조절해 주는
고마운 마사지.

나를 극복하는 일 중 하나,
위안을 주고 희망을 주는
내 마음의 기둥.

Well dying(좋은 마무리)

누군가 말하네.
"인생은 소풍가는 것."

설레고 기쁘고 재미있게 놀고
돌아오는 길
내 자리를 깨끗하고 예쁘게
청소하고 온다고.

인생의 끝자락에 서서
어린 시절 소풍가는 설렘처럼
다가오는 시간 맞이하기를.

두려움이나 망설임도 없이
하루를 사는 것처럼
편하고 자연스럽게
"Well dying."

친구 딸의 기도

친구가 나의 건강을 묻습니다.
진심으로 걱정합니다.

소식을 들은 친구 딸도 함께 걱정합니다.
매일 기도를 합니다.

친구도 친구 딸도 같은 마음으로
우리는 하나가 되지요.

정과 사랑과 효심은 하나인가 봐요.
눈물이 나도록 고맙습니다.

서로를 위하여 같이
기도를 합니다.

하느님은 아시겠지요.
용기를 가지고 병마를 이겨내야지요.

멀리
희망이 있습니다.
기쁨이 있습니다.

그리고
모두가 하나가 됩니다!

소민이 마음

십 년 넘은 세월

잠도 자지 않고
열심히 공부하지만

기쁨의 순간은
금방 얼굴을 드러내지 않지.

무엇이 나를
기다리고 있을 것인가.

초조하고 불안한 마음,
편안함과 설움이 교차하네.

환희(歡喜)의 시간이
어서 나의 어깨를 두드렸으면.

122

현서 생각

주말이 되면 진서와 아빠는
신림동 할머니 댁에 가요.

현관문을 나서는
아빠와 진서를 보면

자주 할머니 댁으로 향했던
어린 시절이 떠올라요 .

지금은 초등학교 상급생,
황소 학원을 가야 해요.

할아버지는 나를 만나면
"황소인지 암소인지 잘 다니냐?"

학원에 다니지 않았으면
얼마나 좋을까요?

'진서랑 할아버지랑
온종일 실컷 놀고 싶다!'

왜냐고요?

하느님
순간도 쉬지 않고 달린 말에
채찍이 웬말입니까.

왜냐고요?

지금은
태양 보고 달을 볼 시간도 없이

사방이 가려진 상자 속에
힘없는 산비둘기처럼

나무 그늘 풀섶에서
혼자서 떨고 있습니다.

왜냐고요?

목숨을 위하여
땅 속 헤쳐

모이만 쫓고 있는
산비둘기

언제
태양을 보고
푸른 하늘을 날 수 있는지,

그 시간이—
언제냐구요,
언제냐구요?

오해인데

말 한마디 손짓 하나
오해를 하고 있구나.

사실을 말하면
오해의 꿈이 사라질지도 모르지.

그냥
묻어가자.

진실과 오해 속에 있는 마음은
미련인지도 모르지.

아마도
서로 꿈일지도 몰라!

그림 그리기

가슴속의
생각을 그릴까.

눈으로 손으로
느끼는 것을 그릴까.

지나온 시간을—
내일의 꿈을 그릴까.

빨간색 노란색
파랑색 춤의 향연을 그릴까.

하얀색 위에
검정 점 하나를 그릴까.

무지개 색으로
회오리치는 바람을 그릴까.

꽃피는 봄날에
아지랑이 피는 고향을 그리자.

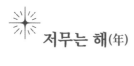

저무는 해(年)

2023년

해가 뜨고 지고
달이 차고 기울고
거듭 되다가
한 해를 마무리하네.

머릿속 생각
마음을 움직이며 보낸
일년의 시간,

나를 만드는 시간이 아니고
나의 병마를 지키는 한 해가 되었네.

속으로 속으로
나의 몸이 작아지고 있다네.

새로운 갑진년 청룡의 해에는
속으로, 속으로, 땅으로, 땅으로

숨지 말고

청룡처럼 꿈을 꾸고
하늘로 향하고 싶다네.

떡볶이

고추장 풀국 속에 빠진
새끼 가락떡, 만두새끼
삼삼오오 모여
이마를 맞대네.
지나가는 지팡이 할머니
쭈- 쭈-
그 매운 것을
어린 손자,
"할머니 한입만, 한입만."
가슴속 아래에서
달콤새콤한 떡볶이가
살살 녹아내려요.

세월

동녘에 해가 뜨고
석양에 해무리 지고

어둠이 짙어지고
세상이 잠들고

늙음이 세월이 된
나,
오늘 지나 내일이 되고
세월속에 작은 나
조각배는 세월을 타고

조각배는
타고 가는 것이더냐
밀려가는 것이더냐

세월!
답을 해주렴.

Latte라는 아이

삼 년 가까이
살 맞대고 비비고 하는 세월

기분이 좋아도 멍-멍,
원망스러워도 멍-멍,

꼬리를 흔드니
서로의 사랑을 확인하는 우리

문을 열면 앞에 서 있고
의자에 있으나, 침대에 있으나
늘 옆에 있는 Latte,

너는
일편단심이구나!

우리 식구 다섯이 되는 날

강원도 양양 야시장에서 황금색 카나리아를 만났다. 지저귀는 소리와 영롱한 색깔이 나의 혼을 뺏어갔다. 예부터 카나리아는 위험에 민감한 조류로 알려져 있다. 그 작은 부리와 소리가 나를 애타게 부른다. 나는 그들을 품고 싶었지만 참고 발길을 돌리었다. 그러나 뒤돌아가는 중에도 내 귀에 그들의 부름이 있어 차를 돌렸다. 다시 보니, 역시 반갑다. 온몸을 움직이며 나를 반긴다. 서슴없이 카나리아 한 쌍을 안았다. 아내와 나, Latte 그리고 카나리아 한 쌍. 우리는 이렇게 다섯 식구가 되었다. 삐-익 삐-익 지저귀는 소리. 아침 인사. 황홀한 노래.

청소를 하고 모이를 준다. 팔-짝 팔-짝 뛰는 모습에 내 마음도 같이 뛴다. 우리 다섯 식구의 인연은 우연일까. 필연인가. 행복하다. 다섯 식구, 즐겁고 행복하고 희망이 있었으면 좋겠다. 가끔 Latte가 질투를 하지만 삐-익, 동생들의 노래잔치에 고개를 숙인다.

Latte가 뛰고, 카나리아들이 노래를 하고 힘찬 아침이 시작된다. 인생 말년의 만남이 나를 즐겁게 한다. 그림을 그리고 책을 읽고 아내와 Latte, 카나리아들이 있는 생활, 참말로 나를 행복하고 즐겁게 한다. 인생의 끝자락에서 감사하고 또 감사한 마음이다. 함께 같이 가자.

동백꽃

바닷가 언덕에서 뽐내던 동백꽃
우리 집 대문 위 화단에 심었다.

그늘지고 해님이 뜸하니
잎이 노란색 되었다.

그 폼이 으뜸이라
양지 바른 곳으로 이사를 했다.

일이 년 시들하더니
엉덩이 실한 아줌마처럼

듬직한 자세로 겨울 내내
붉은 꽃을 피운다.

키도 훌쩍 자라
소나무와 마주하니

우리 집 30년 역사를
만들어냈구나.

찻잔

네모진 탁자 위에
하얀 찻잔 두 개

모락모락 김이 나더니
이내 사라지고

대화도 끊긴 시간
긴 침묵이 흐른다.

주름 끝에 흰 머리칼
앙상한 몸

세월이 나를 삼키고 있구나!

가슴 속 두 줄기
뜨거운 눈물

과거와 현실이
너무 멀어

나

이만, 갈래

조용히 일어난다.

미친 몸

하루를
간신히 넘기고

새벽부터
배앓이와 설사

주책없이
미친 사람이

내 몸을,
내 몸을 지배하고 있다.

똑같은 약,
똑같은 부작용

어떤 날은 평안하고
어떤 날은 고통스럽고

미친 몸이
따로 없다.

미친 몸
끌고 가야 하는

마음조차
미쳐가네.

진정한 마음과 건성인 마음

세상을 살다가 보면
나의 마음도 상대방 마음도
훤히 보인다네.

진정한 마음 건성의 마음
망설임 없이 모습을 드러낸다네.

도덕군자 시절, 옛날은 역시
더디고 미련하지만
그 옛날이 좋다.

눈에 확 들어오는
거울 같은 세상

옛날로
옛날로
돌아가고 싶다.

약의 부작용

얼굴에, 머리에 좁쌀 트러블
피부가 검어진다.

간장게장도 싫고
뱃속에서는 구라파전쟁

몸의 균형이 깨지고
팔다리 힘이 빠지고
몸무게가 제멋대로.

환장하겠다.

하루가 가고
또 하루가 가고

부작용과 나란히 길 가며
매일 싸우고 있다.

힘이 없다.

깨달음

순수한 마음에서 솟는
생각과 행동

끝까지 가는 데에
장막이 있다네.

헤치고 이기고 같이 가는 길,
진정성

톨스토이의 『두 노인』에서
누가 진정한 삶을 산다고 말할 수 있는가.

약점을 생각하다가
허공에 날리고

생각나는 대로 행동한다네.
다섯 손가락이 부족하듯

나쁜 진흙 속에 있다네.

겉으로 미소 짓지만

깨달음 없는 빈 몸,
안타까워라.

인생(Life)

나의 인생
팔십이란 역사

놀이동산에서 손뼉 치며 놀았던 순간
지친 가난,
산을 넘고 물을 건넌 역경

회사를 만들고
세계도 누비고
희로애락의 곡예 속에
지금에 와 있다.

그러나 지금은
언덕을 내려가는 길섶에서
누군가는 겪지 않을 일로
나 혼자 고통스러운 것만 같다.

이것이 인생일까.

어떻게 할까?(What should I do?)

할아버지가 과일을 깎다가 손가락에 여덟 바늘을 꿰매었다. 할아버지 손가락 끝에 달걀만 한 하얀 붕대가 달려 있다. 자다가도 문득 생각이 나서 할아버지 침대에 올라 품에 안겼다. 온기가 전신에 퍼지니 잠이 잘 온다. 새벽에 할머니가 화장실 가는 소리에 눈을 떴다. 물소리가 쫙-쫙, 세수를 하신다. '일어나 할머니한테로 가야지!' 아픈 할아버지를 놓고 가기가 그렇다. 물소리가 점점 세어진다. 나는 하는 수 없이 할아버지 품에서 나와 한번 몸을 털고 할머니 앞에 있다. 할머니는 "Latte- 안-녕" 하신다. 나는 할아버지를 놓을 수 없고 할머니도 챙겨야 한다. 아침부터 마음과 몸이 바쁘다. 잠시 생각을 한다. 할아버지, 할머니는 몸이 아픈데도 나를 참 잘 챙겨준다. 나의 마음도 무겁다. 나는 어떻게 할까. 할아버지 누워 있는 침실과 할머니 세수하는 욕실을 마구 오간다. 바쁘다 바빠! 할아버지 손가락 끝에 상처 난 곳을 응시한다. 효도하기 힘들다. 그래도 사랑받는 Latte니까, 할 수 있다.

줄타기

밧줄 위에서 춤추는
곡예사.

넘어질 듯 넘어질 듯 중심을 잡으며
온 힘을 다해 밧줄을 타네.

한 치의 오차도 없이
가야만 하는 길.

곡예사의 줄타기,
마지막 남은 나의 시간과 같다네.

곡예사의 마음으로
남은 시간을 본다.

실수도 실패도 없어야 한다.
오직,
지난 나의 나침판을 믿고
밧줄을 탄다네.

마음은 콩밭

참새가
허수아비 어깨에 앉아
조잘조잘,
네가 제일이라고 말을 합니다.

허-참!
"네 마음은 콩밭에 있잖아."
참새는 고개를 절래절래
허공으로 날아갑니다.

바람이 불어옵니다.

바람은 허수아비 귀에 대고
"참새가 콩밭에 간다."

사람도 참새처럼
콩밭으로 갑니다.

고향(Hometown)

충청남도 서산시 팔봉면 어승리
나의 고향,

눈 비비고 마당에 서면
여덟 봉우리 중 제일 높은 봉우리

봄이면
진달래, 민들레꽃 곱게 단장하고

여름이면
물소리, 새소리 합창하는 고향

가을이면
붉은 단풍, 알밤들이 맞이하던 놀이터

겨울이면 하얀 눈 쌓여
토끼랑 꿩들을 힘들게 하던

나의 고향,

코흘리개 어린이, 교복 입고
팔봉산 향해 경례했는데

해변가 모래에서 그림 그리고
바닷가 바위틈에서 사랑이야기 했는데

멍석 깔고 감자 먹으며
모기 쫓던 여름밤

고이 잠든 아들, 삼베 치마 덮어주고
부채질하던 어머니

고향의 석양을 생각하는
꿈 많던 소년
세월 지나
고향땅 그리며
엄마 품을 생각한다.

나보고 올빼미가 되라 합니다

2023.5.3.

　폐섬유증이 심각합니다. 섬유증에 특효약인 피레스코 부작용으로 손등과 얼굴에는 가려움증과 화상에 괴롭습니다. 피부과 선생님은 낮에는 절대로 행동하지 말라고 당부하십니다. 집안에 있어도 햇빛이 반사하는 창문 가까이를 피하라 하십니다. 낮에는 행동하지 말고 밤에만 행동하라 합니다. 갑자기 올빼미가 되라 합니다. 갑자기 닥친 운명 앞에 나는 무엇을 어떻게 해야 할까. 막막합니다. 앞으로 해야 할 일들이 태산 같은데 시간이 없습니다. 시간이 중요한지 알았지만 지금은 절실합니다. 무엇도 해야 하고, 무엇도 해야 하고 나의 뇌리에 스치는 일들이 많습니다. 그 중 내가 꼭 해야 하는 일들이 있고 시간이 많이 남아 있지 않습니다. 남은 시간 동안 건강이 나의 의지를 지탱할 수 있을지. 의사 선생님의 말씀에 시간은 더욱 빨리 가는 것 같습니다. 앞이 캄캄합니다. 여유 있는 시간이 필요합니다. 새로운 약을 구하고 명의를 만나고 마지막 꿈을 실현하는 길을 택해야 합니다. 주위에서 걱정과 기도가 시작됩니다. 험로를 뚫고 나갈 수 있도록 힘과 용기와 운명을 주세요. 절대로 죽음을 두려워하지 않겠습니다. 그러나 내가 마지막 해야 할 일, 황홀한 석양을 그려놓고 지고 싶습니다. 나에게 여유 있는 시간을 주소서. 간절히 빕니다.

나의 Latte

건널목에서 만난 노파
우리 Latte를 보며 기뻐한다.

"개보다 못한 사람이
우글거리는 세상이야."

예쁘다, 예쁘다
Latte를 자꾸만 쓰다듬는다.

노파의 처지도
개가 낙인가 보다.

우리 Latte,
내가 아프면 곁에서

밖에서 돌아오면
발밑에서

나를 떠나지 않으니

Latte가 최고다.

내 몸을 아는지
아프고 괴로운 걸 아는지

Latte가 먼저 나를 챙긴다.
"사랑해요 할아버지."

"나도 사랑해!"

삶의 가치는 무엇인가

삶은 무엇인가. 살아있는 것, 즉 생명이라고 정의한다. 가치는 무엇인가. 사물이 지니고 있는 의의나 중요성을 뜻한다.

그렇다면 삶의 가치는 무엇인가. 삶의 의미는? 예수는 사랑을, 부처님은 자비를, 공자님은 도를 이야기한다. 이것의 공통점은 내가 아닌 남에게 베푸는 행위를 강조한다.

나를 버리고 남을 위해 희생하라. 그것이 진정 삶의 가치인지, 오늘도 생각하며 걷고 있다. 내가 하고자 하는 일이 남을 위한다고 하지만 나의 가치를 높이는 것은 아니었던가. 결론은 없다. 목숨까지 버리는 희생이 삶의 가치가 아닌지, 내일도 생각은 계속될 것 같다.

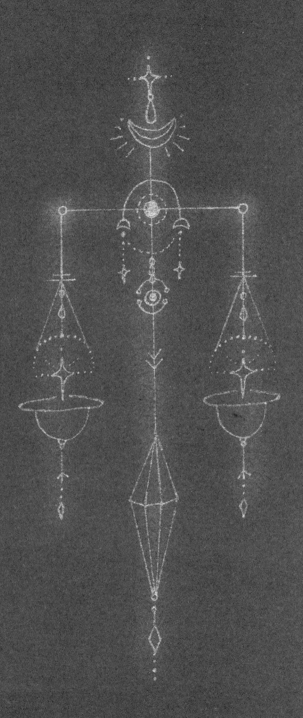

주름

이마에 굵은 실개천
눈 옆은 잔주름

양볼에도 주름, 주름
가늘게 굵게 넘실댄다.

손등에 주름이 늘고
윤기를 빼앗아가고

얼굴이 변한다
세월 따라

늙지 말아야지
무르익어가야지.

164

나의 고향

개나리꽃, 버들강아지 피고
바람 불면 흩날리는 벚꽃 동산

송사리 떼 송-알 송-알
청개구리 와-글 와-글

물결치는 푸른 보리밭 언덕
내가 놀던 개울가 고향이라네.

마당 끝에 빨간 감나무
텃밭에 간 엄마 보고 짖는 강아지

까옥- 까옥-
글씨 쓰는 기러기 행렬

앞 논엔 고개 숙인 황금빛 물결
내가 품은 고향이라네.

유람
─ 태화강가에서

따스한 3월의 봄볕 속에
하얗게 내리는 벚꽃의 나비춤이 좋고

태화강 맑은 물속에
가마우지의 물질이 신기하기도 하고

십리길 숲속의 대나무 소리 느끼며
갈대 숲속에 묻힌 나를 봅니다.

높은 하늘 아래 산책하는 사람들
강아지도 덩달아 신나고

찡그린 얼굴 환히 웃는 얼굴
섞여 있는데

온갖 봄꽃의 향기가
유람차 속에 있습니다.

배부르고 등 따스했던 시절
그립습니다.

노을(Sunset)

푸른 하늘
하얀 태양이

검은 산을 넘어
붉게 변하고

동산 위로 붉게 물든
석양은 온통

마지막 타오르는 불꽃처럼

인생도 마지막 순간까지
붉게 타야겠지.

아름다운 여정 되리라.

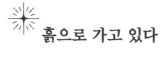

흙으로 가고 있다

1946년 2월 4일 어느 날, 떡잎을 헤치고 싸늘한 공기를 안으며 엄마의 품속에서 태어났다. 차돌을 밟고 바다 냄새도 맡고 서늘한 산바람도 마시며 지냈다. 그러다가 천길 낭떠러지에 빠지기도 했다. 기러기나 철새의 등을 타고 남쪽으로 온기를 찾아 먼 여행을 떠나기도 했다. 구름도 만나고 비를 피하면서. 한때는 양지 속에서 친구와 숨바꼭질을 한 기억도 있다.

뽀얀 안개 속에서 마루랑 아이비랑 Latte랑 몸을 부비며 놀던 추억. 노랑 국화꽃을 만지고 빨간 단감을 먹으며 여섯 마리 양떼와 뒹굴기도 했다. 그러다가 빨간 저녁노을을 보곤 했는데.

짝꿍과 손을 잡고 시골 오솔길을 걸으며 길섶에 노랑 민들레에게 말을 건네기도 했다. 어느새 찬바람이 휘-익, 겨울이 왔다. 나의 몸은 시소를 타고 머리와 가슴의 거리가 조금씩 멀어지고 있다. 밝은 여명 속에 있지 않고 어두운 가로등 밑에 지팡이를 짚고 간다. 인생의 길은 뒤돌아갈 수 없어 아주 조금씩 가고 싶다. 차가움과 뜨거움을 조금씩 더 알아가면서. 엄마 품속에서 나와 살다가 다시 흙으로 가고 있는 나, 앞으로도 예쁜 길을 걷고 싶다.

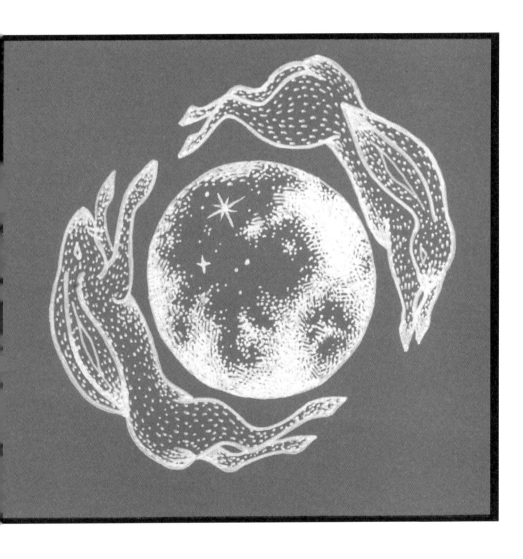

✳ Latte의 반가움

2022.12.15.

할아버지 냄새가
엘리베이터 틈새로 올라와

아, 할아버지다!
아니, 할아버지가 아닌가?

소리 내어 짖어봐.

현관문 열고 나타난
우리 할아버지

꿈은 아니겠지?

말 한마디 없이
출장 다녀온 할아버지

할아버지가 내 앞에 있다.

나의 몸은 팔팔
꼬리는 흔들흔들.

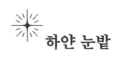
하얀 눈밭

2022.12.24.

쭉 뻗은 가지 위에도
대문 기둥 위에도
흰 눈이 소복이 앉았다.

참새는 갈 길 몰라
처마 밑 둥지에 몸을 묻고
고개를 하늘로 향하여
흔들다가 울곤 한다.

할아버지는
무릎까지 눈길을 밟고
Latte의 놀이터를 만든다.

살랑살랑 꼬리치는 Latte!
마냥 신났다.

할아버지도 평생 몇 번 보지 못한

하얀 눈 속에서
Latte와 놀고 있다.

하늘은 마냥 푸르다.

포도

녹색 작은 떡잎이
아저씨 온기로
무-럭 무-럭 자라

지지대 타고 해님 보면서
작은 떡잎,
부채만큼 자라

시고 달고
매혹의 맛을 준비하고
하-얀 봉지도 쓰고

알알이 검은,
푸른 포도송이가 되었다.

어느 날
봉지에 쌓인 채 줄기가 잘려도

우리는 예쁜 얼굴 그대로

포도송이다.

지금은 예쁜 식탁에서
폼을 재고 있다.

나는 과일 중에서도
귀부인 포도가 되었다.

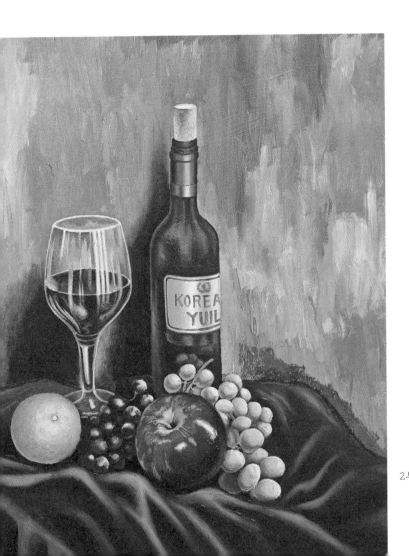

봄을 기다리는 마음

양지 바른 언덕에
새싹이 돋네.

수선화 잎도
개나리 봉오리도
목련의 머리도

제가 먼저라고
앞다투어 말하네.

파란 어린잎이 흙을 밀며
하늘을 보네.

소나무 가지 끝에
휘-익 찬바람 이는데

그래도 봄이 좋다고
급하게 서두르네.

봄소식 전하는
꽃님들아!

나와 함께
봄맞이 준비하자.

매화꽃

내가 제일 좋아하는 꽃
매화꽃이다.

연분홍색
빨간색
진빨간색

봄이 오기 전
새색시 마음처럼
수줍은 꽃

색깔이 그윽하여
내 마음 빠져든다.

매화 속의 매화
얼마나 예쁠까.

봄 되면 하동마을로
매화꽃 보러 가자.

사과 한 개 달걀 한 알

사과 한 개
달걀 한 알

매일같이
아내의 정성을 먹는다.

날마다 먹어 싫증나지만
밀어낼 수 없는 정성.

사과는 금이 되고
달걀도 금이 된단다.

나는 잔뜩 영양보충
Latte는 쪼끔 쥐어준다.

멍-멍 불만이다,
내 몸속에서만 좋다고

손뼉을 친다.

운명(Fate)

기를 씁니다
발버둥을 칩니다.

가끔은
기도를 합니다.

운명의 길은
앞으로 갑니다.

그 길은
험난합니다.

돌리려고
발버둥 칩니다.

다시 돌아오는
Fate!

나의 운명은

바람개비처럼

돌고 있습니다.
Fate!

돌리고
돌리고 싶습니다.

울산바위

울산에서 금강산 가려다
이곳에 남게 되어 '울산바위'

둘레가 4km 암벽이라
울타리 같다고 '울타리바위'

동해의 해를 받고
이 나라 지키다 보니

서러워서 운다 하여
'우는 바위'

너를 보니
내 얼굴 암벽에 그려

영영–
같이 하고 싶다.

물속의 단풍

빨간 단풍
노란 단풍

맑은 설악산 계곡 물속에
춤추는 단풍 모습

아름답고 경이롭다
신의 세계인가

흐르는 물속에
떠내려가는 단풍

어디로 가느냐!
길을 알고 가느냐.

감(Persimmon)

서산 집 감나무
서울 집 감나무

모두 열 그루

단감나무 대봉나무
가을 되면 감 잔치

아삭한 맛 달콤한 맛
가을 되면 맛 잔치

식탁에도 시렁에도
빨간 감 잔치

윗집에도 아랫집에도
동네 감 잔치.

목숨은 하나뿐이야

목숨은 하나잖아, 많다면
얼마나 어지러울까.

세상에 수많은 겁쟁이
비겁한 사람들이

목숨을 피하네.

정직한 자
용기 있는 자들이여.

목숨을 하나 더 주련?

오직 인생은 한번뿐이야.
We only have one life.

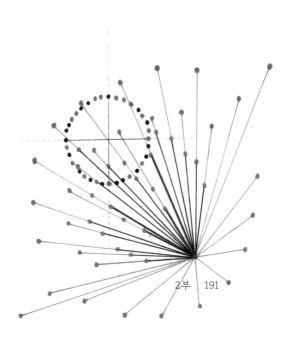

장미

빨간 장미
노랑 장미
하얀 장미

머릿속에 핀 장미
가슴속에 피는 장미

향기도 없이
색과 꽃잎의 조화

진초록 잎은
뭇 사람을 사로잡는구나!

줄기에 난 가시는
무엇을 위한 방어인가.

조용히 너를 보니
네 얼굴이 내 안에 있네.

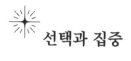

선택과 집중

　여든 고개에 서서 뒤돌아본다. 세상을 살면서 선택하게 되는 일이 많지만 이 또한 운명이라고 생각한다. 이것이 자연스런 흐름이라고 믿고 이제껏 살아왔다. 만들어진 틀 속에서 다만 열심히 인내하였으며, 오로지 정열로 집중한 삶이다.

　아주 어린 시절, 국민학교도 가기 전의 일이다. 친구들과 흙먼지를 쓰며 정신없이 장난에 몰두하고 있는데, 한 '노승'을 만났다.

　"얘야, 네 집이 어디니?"

　"바로 이 집인데요."

　나는 손가락으로 가리켰다.

　"엄마는 지금 계시니?"

　"아, 저기 우리 엄마예요."

　마침 엄마는 우리가 놀고 있는 곳으로 걸어오고 계셨다.

　"저 아이는 커서 커다란 무역상이 되며 운명은 칠십칠 세"

　노승은 단호하게 말씀하시고 어머니에게 합장한 후 나의 머리를 쓰다듬어 주시고는 가던 길을 가셨다. 당시 어머니와 나는 커다란 무역상이 무엇인지 잘 몰랐다. 다만 77세까지 산다고 하니 그 시절에는 아주 장수하는 나이인지라 어머니 얼굴에 함박웃음이 스친 기억이 난다.

　노승이 남기고 간 두 마디, '큰 무역상'과 '나의 죽음'이 나의 운명이었던 것을 생각하면 온몸에 소름이 돋는다. 병마와 가난, 그리고 어려

운 환경이 나에게 와도 그 역경을 두렵게 생각하지 않았다. 나는 무식하게 앞으로 전진하고 집중하는 성격이었다.

인생에 있어 중요한 선택 중에 진학, 결혼, 직장 등이 있을 것이다. 그러나 그것을 선택할 기회는 내게 없었다. 오직 '주어진 것을 실행하는 옹고집'으로 오늘까지 살아왔다. 지금 생각하면 세계를 누비면서 지내온 시간들이 신기하다. 그러한 삶을 내가 선택한 것은 아니나 운명처럼 다가왔던 듯하다. 다만, 의지가 없었더라면 여기까지 걸어오는 길이 결코 녹록치 않았을 것이다.

2022년 77세가 되던 해, 노승의 말처럼 내게 치명적인 위기가 찾아왔다. 7월쯤인가, 폐섬유증 진단을 받고 지금까지 병마와 싸우고 있다. 주어진 삶을 운명대로 살아온 내 삶을 돌이켜본다. 나는 누구인가.

나에게는 절대적 집중이 있어 나의 길을 헛되이 살아오지 않았고 앞으로도 변함없을 것이다. 남은 시간들, 나 아닌 다른 이들을 위하여 희생하고 싶다. 나의 삶은 2022년에 끝이 났다고 생각한다. 이후의 삶은 내게 선물과도 같은 삶이다. 지금부터 '어떤 희생과 봉사를 하느냐'가 문제이다. 죽는 날까지 후회 없는 나를 만들고 싶다. 누구의 간섭도 없이 주어진 운명대로 생을 마감하고 싶다. 하느님, 도와주소서!

오장육부

간장, 심장, 비장, 폐장, 신장으로 인간의 내장을 표현한다. 이것을 오장이라 한다. 육부란 대장, 소장, 위장, 담낭, 방광, 삼초를 말한다. 주로 소화를 돕는 기관이다. 중국 최고의 의학서 '황제내경'에서 이렇게 표현했다. 그런데 나에게는 오장이 성한 곳이 없다 한다. 한쪽만 망가진 것이 아니고 골고루 전부 손상된 것이다. 어떤 사람은 평생토록 건강하게 살다가 가는 사람이 있지만, 나처럼 오장육부 전부가 제 기능을 못하는 사람도 있을 것이다. 나름대로 열심히 살아왔다는 증거라 믿으며 위안해 본다.

철이 들면서부터 줄곧 아픔을 이기고 고통과 싸웠다. 다시 오는 고통도 내 신념으로 물리치며 살아온 세월이다. 칼에 에이는 고통도 맛보았고, 차고 뜨거운 눈물도 경험했다. 세계인과 정을 나누고 사랑을 보낸 반평생. 지금 생각하면 후회는 없고, 다시 태어나도 그 길이 나의 길인 양 다시 걸어갈 것만 같다.

고통 뒤에 따르는 후회 그리고 막막함. 그것들까지 묵묵히 소화한 나의 몸과 마음이 기특하다. 내 인생이 정말 뿌듯하고 환희에 넘친다. 잘했다, 잘했다. 스스로를 다독인다. 더는 나아갈 수 없는 몸. 그럼에도 마지막까지 화려한 인생의 종점을 찍고 싶다. 나이 여든에 오장육부가 목까지 찼다는 소식을 듣고 한편으로는 슬펐으나, 내 몸이 이렇게 망가진 것조차 자랑스럽게 생각하기로 했다.

내가 가지고 있는 모든 것 신체적, 정신적인 것들을 끝까지 불태우고 간다는 완전한 망상 속에 나는 지금도 가고 있다. 대개 남들은 성한 몸과 마음을 가지고 갑자기 가는 경우가 있지만 나는 팔자인지 나의 육신과 정신을 다 바치고 가는 것이 힘이 든다. 하늘나라에서 왜 왔냐고 물으면 내가 가진 모든 것을 바치고 더 이상 줄 것이 없어 왔노라 떳떳하게 말을 할 것이다. 한 방울의 피까지, 한 줌의 혼까지, 할 수 있는 대로 다 하자. 멀리 태양이 뜨고 있다.

하루

하루가 지나면 하루가 되고
어제는 세월 속에 있고
내일은 짐작만

어제, 오늘, 내일
뜨고 지는 해처럼

몸도 마음도
지구를 돌 듯

허나
생각은 무덤덤할 뿐

나이 탓인가
세월 탓인가

누구 하나 마음 모르니
돛단배처럼

바람 부는 대로
물결치는 대로
또 하루가 가고

시간도 세월도
같이 춤추네.

허풍

세상 살다 보니
뻥쟁이도 많고
졸장부도 많고
사기꾼도 많고

바람처럼 구름처럼 살다 보니
진실은 바람 속에 묻고

어린이처럼 살고 있는 사람
갈 곳을 잃고

그저 바람 타고 흐르네
구름 타고 흐르네.

3부

첫 눈

하얗게 솜털처럼
소리 없이 내리는 눈

집 앞 베란다에도 잔디 위에도
겹겹이 쌓이는 눈

쓰러진 노랑 들국화 허리에도
소복한 눈

눈밭에서 펄쩍 뛰는 Latte와
하얀 내 머리 위에도 하얀 눈

멀리서 가까이서 내리는 첫눈
어린이 같은 장난질

눈방울 떨어진 얼굴에
펑-펑, 하얀 눈물방울

내 마음을 옛날로
옛날로 돌리고 있구나!

가을 1

왠지 가을이 되면 쓸쓸하다. 길가에 뒹구는 단풍잎처럼 외롭다. 알록달록 산야를 물들이는 단풍잎. 풍요로운 수확의 계절임은 틀림없지만 가슴 한 구석에 파고드는 외로움은 모른 척할 수만은 없다.

무엇보다 동심의 시절, 가을운동회가 다가오면 "네가 이긴다" "내가 이긴다" 조잘대던 어린 시절이 생각난다. 운동회 날이면 엄마는 달걀을 삶는다. 알밤을 찐다. 운이 좋으면 떡도 해주신다. 더군다나 공부를 안 해도 되는 날이니 신나고 즐거웠다. 청군, 백군으로 나누고 동네 아저씨들의 씨름판에 박수가 끊이지 않았다. 그 중에서도 운동회에서만 보는 솜사탕 과자는 입가를 찌를 만큼 달콤한 맛이다. 촌놈에게는 새로운 세상의 맛. 운 좋게 우승이라도 하면 공책이랑 연필이 선물로 주어지니, 그 또한 기분이 좋다.

마지막에 동네 아저씨들이 1등을 하면 북이며 꽹과리 소리가 동네 어귀에 요란하게 울려 퍼진다. 아저씨들의 술판이 벌어진다. 그 틈으로 고기 한점 얻어먹는 재미가 제일이었다. 옛날은 푸짐한 잔치였으나 요즈음 운동회는 옛 맛이 없다. 어울려 함께 하지 않고 각자 가족끼리 식당으로 가는 분위기다.

나이 들어 가을을 맞이하는 순간이 되면 자꾸만 옛 기억이 스친다. 그저 쓸쓸하고 외롭다. 여행으로 마음을 달래기도 이제는 벅차다. 여러 가지 채비가 따르고 몸이 안 따라주기 때문이다. 그래서 나는 조용

히 배낭을 메고 산마루에 앉아 멀리 하늘을 보며 명상한다. 역시 젊은 시절이 좋고 문명이 없는 옛날이 좋고, 철없는 시절이 그립다.

그윽한 국화 향기가 멀리에서 바람을 타고 코에 스치니, 조금은 쓸쓸함을 달래준다. 멀리 찬바람이 불어올 것만 같은 음산한 하늘이다.

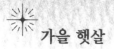

가을 햇살

가을 햇살이 내려 쏟는다.
은빛 개울에 반짝이는 햇살

송사리처럼 솟아오르고
단풍잎 사이로 쏟아지는

가을 햇살,
은구슬 같구나.

이 황홀한 햇살 속에
멍하니 하늘을 본다.

가을이다.
가을 햇살이 내 몸을 감는다.

단풍

봄부터
몸부림치더니

빨간 잎, 노랑 잎
하늘에 전시하네

푸른 소나무 사이
선명한 색깔

혼자서 자랑하는
자줏빛 향연

추운 겨울이 오기 전
너의 자태를 마음껏 보여주렴.

추석

2023.

찌는 듯 더위
장대 같던 폭우 가시고

울긋불긋 단장한 단풍
가을 여인의 손짓으로

추석이 되었네!

살랑살랑
가을바람 부는 사이

보름달 속 토끼 한 쌍
쿵덕쿵, 쿵덕- 쿵더쿵
방아 찧는 소리

보름달 만들어
추석이 되었네!

가을 아침

나무 사이로 쏟아지는
하얀 아침 햇살

공원 벤치에 Latte와 앉아
가을 아침을 맞이하네.

공원 이곳저곳
아침운동 하는 사람들

나는 가쁜 숨 고르러
숲의 세계에 들어와 있네.

넓은 공원에서 Latte가 뛰고
나도 뛰고 장난치던 지난 날

지금은 벤치에서 벤치로
자리를 옮길 뿐

언제쯤 푸른 하늘 보며
Latte와 다시 뛸 수 있을까.

뉘우침(Repentance)

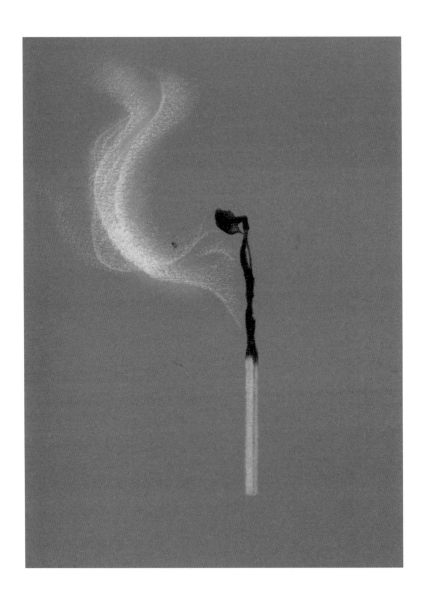

상대방 잘못 이야기하다 보면
다섯 손가락도 부족합니다.

내 잘못 생각지 않고
다른 사람 탓하게 됩니다.

그러니까
자기 자신을 고치지 못합니다.

불쌍합니다.
앞날이 캄캄합니다.

뉘우치지 못하는 사람과는
모른 척 상대하지 않습니다.

마음을 비우고 멀리 갑니다.
편안합니다.

나도, 나도
뉘우침 경계선에 있습니다.

결별(Break up)

거짓을 진실처럼 말하는 세상

상식이 밖에서 자라는 세상

바른 사람들이 외톨이가 되는 세상

오만으로 가득한 세상

이제 그만 결별해야 합니다.

We need to break up.

새로운 결심(Resolution)

옛 것을 허물고 새 것으로
거짓을 버리고 진실로
정을 버리고 이성으로

새로운 것을 만들고 가꾸는 것은
뜻대로 되는 것이 아닙니다.

세상에는
너무도 많은 벽이 앞에 있습니다.

용기를 냅니다.
부딪칩니다.
싸웁니다.
상처를 만지고 어루만집니다.

새로움을 만드는 것은
힘이 들고 어렵습니다.
It's hard
And
It's hard.

진정성(眞正性)

참되고 올바른 마음
그것은 인간의 본성입니다.

삶을 영위하는 데
꼭, 지켜야 하는 태도입니다.

인생의 끝자락일수록 바른 마음은
최고의 덕목입니다.

남을 탓하지 말고 바른 길을 가는 것
후세에 귀감이 될 것입니다.

Authenticity(진실)
Original, 나에게는 기본입니다.

사기 (詐欺)

눈이 없으면 코를 베어갈 세상

정을 나누고 사랑을 하고
우정을 키워야 할 시간에
남을 속여 착오에 빠지게 합니다.

이기적인 세상일지라도
인간사 기본에서 벗어나
거짓을 만들고 벽을 쌓습니다.

용서와 이해가 있어야 하는 세상
등을 돌리고 살아야 합니까.

설계(Design)

내게 주어진 시간
그림을 그립니다.

칠하고 또 다시 예쁘게,
튼튼하게 설계를 합니다.

마음대로 되지 않습니다.
시간을 쪼개고 밤을 새우고

머리를 쥐어짭니다.
혼자서는 할 수 없습니다.

둘러 앉아 의논을 합니다.
새로운 생각과 방법을 봅니다.

힘이 납니다.
움직이고 있습니다.

가깝게, 멀게

새로운 그림이 보입니다.

주마등처럼 어려웠던 시간이
움직입니다.

조금씩
길이 보입니다.

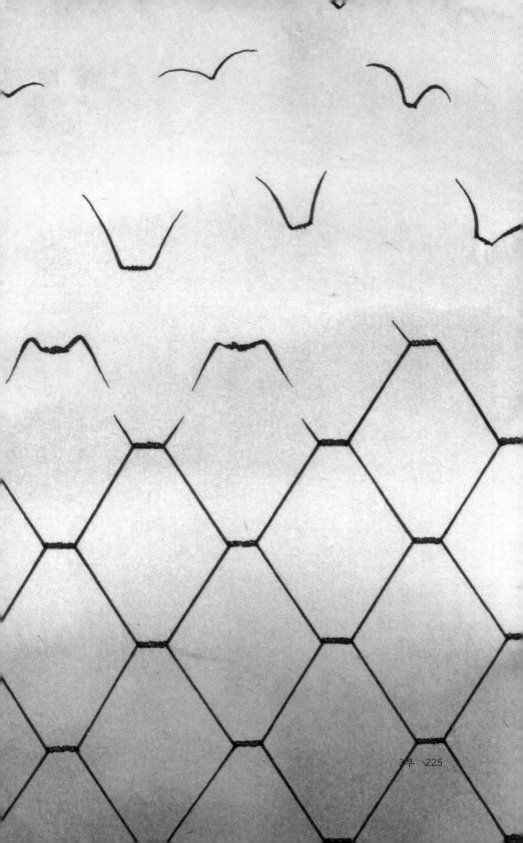

커피사탕

피곤할 때
한 알

힘 없을 때
한 알

입안에서
왔다 갔다

혀끝에 머물면
그윽한 맛

삶의 맛보다
진하고

행복의 맛보다
달달한

커피사탕.

체념(諦念)

마음의 길이 멈추는 곳
내게는 해당하지 않는 것

몸이 늙어지니
마음도 같이 가는 것

희망과 꿈이 모두
엉키어가네.

세계 여행 내려놓고
생각조차 가볍게 놓으니

평안한 듯하지만
한구석 허전하다네.

어찌할 수 없어
버리고 가자,

나를 지탱해 주는
비움.

☀ 연명

의술로, 약으로, 의지로 사는
보너스 인생

기쁠 수도 있고
어려울 수도 있습니다.

시시각각 다가오는
크고 작은 시련

희망과 절망이
교차합니다.

칼로 베이는 고통
어려움도 있습니다.

순간의 고통이
나를 괴롭힙니다.

꿈과 갈등하면서
오늘도 살아갑니다.

행복과 불행

세월이 오는 줄도 모르고
시간이 가는 줄도 모른다.

내 몸에 머물러 있을 때는
깨달을 수 없는 것들

시간 흘러간 후 알게 되는
행복, 그리고 불행

흐르는 은하수처럼
행복도 불행도 아름다웠으면

밤하늘에 떨어지는
별똥별이 아니고

멀리 북두칠성처럼
빛이 났으면.

면역력

나의 몸에 닥친 잔챙이
심장병, 신장병, 폐섬유증

백혈구의 수치가 내려가고
면역이 약해졌단다.

잘 먹고
꾸준히 유산소 운동을 하란다.

잦아지는 기침 걱정
숨소리가 차오른다.

마지막 남은
꿈의 실현을 위하여

빨리 회복해야지,
꿈은 높게만 보인다.

부작용

폐섬유증으로 약을 먹는다.
그동안 치료약이 없다가
신약이 나왔다.

의사 선생님 말씀…
부작용이 있으니 몸 관리 잘하란다.

첫째는 가려움증
둘째는 식욕 부진
셋째는 소화 불량
… … …

지금 나에게 제일 가려움과 홍조 현상이 있다.
햇빛도 막고
야단을 떨지만 성할 때만 한가?

처음 닥쳐온 약의 부작용에
무엇을
어떻게 해야 할지

의사 선생님도 나도 모른다.

흘러가는 구름을 보지만
말없이 가고만 있다.

옆에 Latte도
나를 쳐다만 본다.

올라가는 계단

질병, 노화, 전염병
삶의 장애물들

세월이 지나
나와 같이 가는 친구들

진정제, 진통제,
건넛집 친구 마취제

푸른 하늘 보며 두 팔 치며
바람 따라 가고 싶은데

주위 친구들이
놔주지 않네.

그래도
같이 가야지.

올라가는 계단이 많으니

숨이 차다.

휘-익, 휘-익
바람 따라 두 팔 치며 가자.

멍

아무 생각이 없다.
그냥 앉아 있다.

머리에 쓴
하얀 면사포

멍-
하늘을 본다.

구름이 흐른다.

천천히
휘감으며 돌고 있다.

옆에 Latte도
나도

하늘 보며
멍– 때리고 있다.

허공을 향하여
돌고 있다.

낮잠

할아버지 베개를 베고
네 다리를 펴고
할아버지 침대에서
낮잠을 자요.

똑-똑 똑-똑
문소리도,
할아버지 소리도
모두 귀찮아요.

어제 저녁
할아버지 침대 밑에서
밤새도록 불침번하다
잠을 못 잤거든요.

귀 막고 눈 감고
낮잠을 자요.

엇나감

비가 옵니다
청개구리가 걱정됩니다.

가야 할 길을 놔두고
자꾸만 반대로 향합니다.

어리고 철없어서일까요.
말도 못하고 가슴만 칩니다.

배고프고 어려울 것이
없어서일까요.

구름이 지나고 세월이 흘러도
변함없는 생각이 무섭습니다.

비가 옵니다.
청개구리가 웁니다.

가슴만 칩니다.

세상사
─ 코로나를 겪으며

달이 지고
해가 갈수록

세상사 좋아지기보다
어려운 일만

회사 일도 개인사도
힘들고 어렵기만

국가, 사회, 사람들 모두
편한 것만 생각하네.

어려운 것을 피하면 저곳에는
천국이 있다고 생각하네.

그러나
기다리는 천국은 없다.

싸우고, 싸우고,

이겨내야 천국이다.

그것을 모르고 그저
편한 길만 찾고 있다.

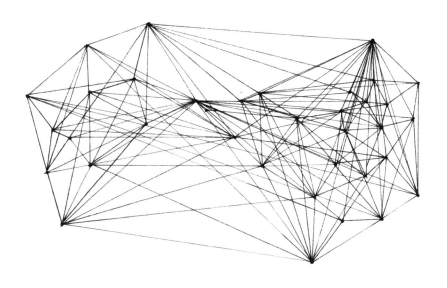

초겨울 아침

창문을 열면
간간이 들리는 새소리

주둥이 깃털에 묻고
겨울을 걱정하는 새들

앞뜰에서 펄-쩍 펄-쩍
줄넘기하는 참새 한 마리

시원했던 바람도 오-싹
어깨를 접고

이슬도 아-싹
서리로 변하고

샛노란 낙엽도
검게 변하였네.

초겨울 아침

몸이 작게, 작아지고 있다.

퀴블러로스의 5단계

삶의 5단계

부정
분노
타협
우울
수용

삶을 살면서 누군가는
부정에서 수용할 수도 있고

우울 속에서 수용 못한 채
분노 속에 살 수도 있고

사람마다 생각과 성격이 다르듯
삶과 죽음의 단계도 다르겠지.

처음부터 부정하지 않고
타협하며 살 수 있는 능력자

퀴블러로스의 5단계가

필요 없는 사람.

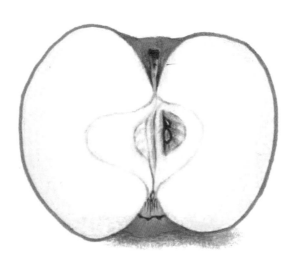

사과

네모난 사과도 있으면 좋겠어.
껍질을 벗길 때 싹–뚝 싹–뚝
네 번이면 껍질을 깎을 텐데

둥근 사과를 깎을 땐
이리저리 둥근 모양을 따라 깎지.

사과는 이쁘다 만지라며
사랑 듬뿍 깎아 달라 조르지.

아침마다 먹고 있는 사과

아직껏 사과 마음 모르고 있다가
늙은 고개에서 친구가 되었지.

붉은 사과 노란 사과
깊은 맛을 느낀다.

미세먼지

바닥에도 책상에도
침대 위에도 앉아 있는 미세먼지
나의 적이다.

폐섬유증 환자에겐
먼지가 폐에 들어가면
숨구멍인 폐포가 하얗게 변한다.

가뜩이나 죽어가는 폐포에
미세먼지는 적이다.

쓸고, 닦고, 청소하고
하루 종일 미세먼지와 싸운다.

창문 밖 푸른 하늘로 날아가는
미세먼지, "안녕!"

발자욱

소복이 쌓인 하얀 눈

내 신발로
꼬-옥
도장을 찍어요.

발 자 욱

내 발보다
작은
발 자 욱

사르륵 사르륵
다시 눈이 내려요.

점점 작아지는
발 자 욱

나의 그림자도
작아지고 있어요.

나의 신조(My belief)

첫째는 멈춤
갈등에서 'Stop'하는 것

두 번째는 받아들임
넓게 'Accept'하는 것

세 번째는 새로워지는 것
무르익어가는 것도 새로운 것

흘러가는 대로
저항 없이 가는 나

갈등 … stop
사랑 … accept
희망 … 새로움

새싹처럼 돋고 자란 신조가
해질녘까지 높고
찬란하였으면

면류관을 쓰지 않아도
별처럼 빛이 났으면.

Conflict(갈등)

머릿속에서 마음속에서
서로 다투는 갈등

누군가
행복은 갈등의 해결이라지.

가장 먼 길은
머리에서 마음까지의 길

아무리 힘들어도
갈등 없이 나아갈 수 있다면

세상에서 가장 오래 사는 동물은
새들이라네.

편안히 앉아 있다가
갈등이 일면 날아간다네.

새처럼
갈등 없이 살 수 있다면

새처럼 자유로울 텐데
행복할 텐데.

겨울비

2023.1.14.

비닐우산 가지마다 대롱대는
은구슬 겨울비 영롱하구나!

소복이 쌓인 가랑잎 속을
겨울비가 토닥-토닥 두드리고

처마 밑 물웅덩이에도
겨울비 폴짝 뛰어 오르고

재 너머 회색 하늘 아래에는
봄이 온다고 소곤거리고.

행복(Happiness)

행복이란

갈등을 해소하는 것?
꿈을 이루는 것?

Happiness.

종류가 많고 색깔이 많아
알 수 없다네.

서양을 바라보며
무르익는 일이 아닐까.

세월 흘러 조금씩
내려놓는 것 아닐까.

걱정(Worrying)

눈을 뜨면
떠오르는 걱정

회사 걱정
손자 걱정
나와 아내의 건강 걱정
식구들 걱정
걱정투성이다.

눈을 감으면 없어질까.

그래도 나타나는
뚜렷하고 선명한 걱정

일하면서도
쉬면서도
꿈속에서도
걱정 속에 있다.

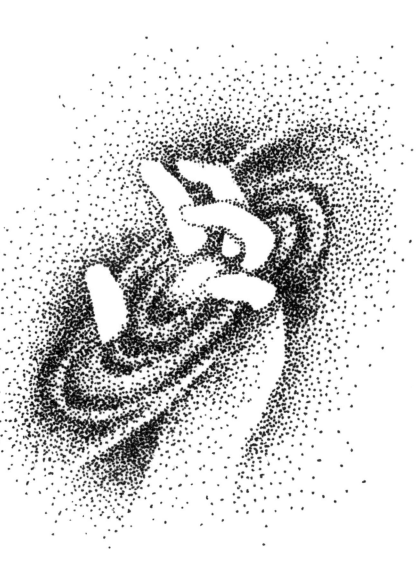

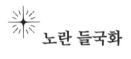

노란 들국화

2022. 가을

작년인가, 재작년인가. 주인이 뒤뜰에 있는 우리를 캐어 앞마당 잔디 머리에 심었다. 땅을 깊게 파고 물을 주고 온 정성을 쏟았다. 다시 봄이 되었다. 주인은 시장에서 국화를 사가지고 왔다. 우리 옆자리에, 건너 자리까지 다른 친구도 정성스럽게 심었다. 작년에 심은 우리는 여름 내내 땅 속 깊은 곳까지 뿌리를 내렸다. 영양분을 흡수하면서 따뜻한 나날을 보냈다. 반면 봄에 이사 온 친구들은 제대로 깊이 뿌리를 내리지 못했다. 잎에 물기가 없어 종종 고생하는 것처럼 보였다. 어쩌다가 비가 오면 생기를 발하곤 했다. 그 후 우리랑 앞서거니 뒤서거니 다투며 크고 있었다.

어느덧 여름을 지나 가을바람이 살랑 불어왔다. 다른 종의 친구들은 기세 좋게 자줏빛 꽃잎을 뽐내며 먼저 꽃 잔치를 하고 있는 것이 아닌가. 우리 친구들은 아직 꽃봉오리마저 만들지 못하고 있는데 시장에서 사온 국화는 물기가 없어 슬그머니 지기도 했다. 마냥 가슴이 아팠다. 가끔은 주인이 호수로 물을 주곤 했으나 땅속 깊이 뿌리를 내리지 못한 친구들은 늘 목이 말랐다. 늦가을 우리는 뿌리를 깊게 자리 잡을 수 있어 이제 어지간한 가뭄에는 신경도 안 쓴다.

다른 친구는 자주 국화꽃을 피우나 했더니 잎이 시들고 꽃 색깔이 생기가 없고 이제는 꽃이 시들고 있다. 우리는 비록 잔디 머리에 머리를 눕히고 있지만, 샛노란 국화 송이를 마음껏 피우고 있다. 주인도 기뻐한다. "너희들 샛노란 국화, 너무 예쁘구나" 하면서 우리들 머리를 쓰다듬어 주신다. 참 기분이 좋다. 이것이 생명의 기쁨일까.

맑은 가을 하늘, 파란 잔디 머리에서 샛노란 국화 잔치를 여니 기쁘다. 저 멀리 뭉게구름도 살짝 웃으며 손짓을 한다. 이 가을이 참 좋다. 내년에는 다른 친구와 같이 늦여름에서부터 깊은 가을까지 주인의 손길 아래 비님, 해님과 같이 놀아야지. 자줏빛 꽃, 샛노란 꽃으로 파란 잔디 머리에서 큰 잔치를 하고 싶다. 긴 겨울을 지나 새싹이 돋아나는 봄에 다시 만나자.

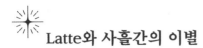

Latte와 사흘간의 이별

2022. 가을

오늘은 아내와 모처럼 가을 풍경을 감상하려고 산 좋고 물이 좋다는 제천 계곡을 찾기로 했다. 아침부터 짐보따리를 챙기고 먹을 간식을 챙기느라 분주했다. Latte도 할아버지, 할머니가 여행을 데리고 가는 줄 알고 이리 뛰고 저리 뛰고 신이 났다. 그러나 이번 여행 장소는 강아지를 동행하면 안 되는 곳이다. 부득이 사위집에 Latte를 맡기게 되었다.

"할아버지, 할머니가 사흘만 여행하고 올 테니 고모부랑 놀고 있어. 우리 Latte 착하다."

쓰다듬어도 소용없다. 어찌 눈치를 챘는지 낑낑거리며 난리법석이다. 상황이 여의치 않는 것을 알고 왕-왕 짖고 있다. Latte는 갑자기 현관문까지 나가 계단에 앉는다. 큰 눈에 이슬이 가득하다. 우리 부부도 가슴이 짠하여 다시 Latte를 쓰다듬는다. 우리는 사위에게 전화하여 Latte를 잘 돌봐달라고 거듭 당부를 하였다. 떨어지지 않는 걸음으로 여행을 떠났다.

10월의 가을 하늘은 정말 높고 맑다. 나조차 파란 하늘로 들어가고 싶다. 저 멀리 산 위에는 흰 구름이 파란 하늘을 만끽하고 있다. 그림 같은 하늘이 너무 예쁘다. 서울 길을 벗어나 고속도로에 들어서니 주차장과 다를 바 없다. 빼곡히 늘어선 차들. 휴게소까지 30분 정도면 도착할 거리가 두 시간 이상이 걸렸다. 목적지까지 오면서 Latte 걱정에 우리 아내 얼굴은 눈물로 가득하다. 옛날 같이한 마루며 아이비 생각도 났다.

마루와 아이비는 시골집에서 한 10년 동안 생활하다가 시골집에 돌봐줄 아줌마가 없어 지인에게 분양을 하고 지금은 헤어진 상태다. 가끔은 연락을 해서 안부를 묻고 싶지만, 그 놈들을 생각하여 아예 연락을 하지 않는다. 우리 부부는 마루와 아이비 때문에 알고 지내던 지인과도 연락을 끊은 상태다. 그 사정을 아는 사람은 이해할 것이다. 어찌어찌 2시간 거리를 4시간 30분을 넘기어 도착하였다. 여행도 좋지만 전신이 피곤하다.

(······)

속 타는 사흘의 여행을 마치고 이른 아침에 우리 부부는 빨리 가서 Latte를 볼 요량으로 아침을 간단히 빵으로 때우고 서울로 올라왔다. 조금이라도 빨리 만나고 싶은 마음에 사위에게 전화해 Latte를 데리고 나오라고 했다. 사위집에 도착하니 대문 안에서 우리를 본 Latte가 사위 품에서 벗어나려고 발광을 한다. 그런 Latte를 안으니 그놈도 어찌하지 못하고 내 품에서 광기의 춤을 춘다. 마침 지나가는 아줌마가 "주인을 만나 저리 좋은가" 하며 우리 Latte를 칭찬하니 더 날뛴다.

우리는 아들 집에서 점심을 하려고 Latte와 함께 아들 집으로 향했다. 다른 때 같으면 오빠들이랑 진서랑 이리 뛰고 저리 뛰고 잘 노는데 오늘은 어림없다. 내 옆에 와서 꿈쩍을 하지 않는다. 잠깐 뛰어 놀다가도 다시 오고 그 눈빛이 번쩍번쩍한다. 우리가 저를 놓고 간 줄 알고 그 동작을 반복하니 참말로 고맙고 귀엽다. 그래서 '정'이란 무서운 것 같다. Latte야, 할아버지 할머니랑 오래오래 살자.

첫사랑

아지랑이 더미 속에
희미하지만 애끓은 추억

동심의 꽃밭에서
찾아낸 빨간 장미

멋쩍고 우습다
그러나 순수한 것

사랑 중에 처음 하는 사랑
첫– 사랑

항상 생각나는 얼굴
첫– 사랑

지금은 멀리 있는 사랑
첫– 사랑.

폭염

문을 열면 찜통
수은주가 위로, 위로

높이, 높이
오르려고 해요.

엄마, 아빠
땀이 삐질삐질

자동차도 건물들도
열이 나요.

세상이 모두
열통이에요.

바람
어디에 숨었나?

시원한 바람을
찾고 있어요.

나라(State)

2022.9.

떠벌이가 왈- 왈
찌질이도 월- 월

동네가 시끄럽다.

떠벌이도 찌질이도
국민의 뜻이라 말한다.

국민은
고개를 젓는다.

국민은
새벽부터 밤늦게까지

땀을 뻘-뻘 흘리다
허리를 펴고 하늘을 본다.

별이 반짝,

떠벌이도 찌질이가 없는 세상이

나는 참- 좋다.

청소(Cleaning)

아침마다 먼지를 털어요
밀대를 잡고 고고 춤.

밀대로, 돌돌이로, 청소기로
왔다 갔다 돌고 돌아요.

Latte는 앞에서
껑-충 껑-충 장난을 쳐요.

이 방 저 방 돌아다니며
먼지를 하늘로 날려 보내요.

부엌도 마루도
Latte 집 앞까지 밀고 닦아요.

심술 난 Latte
멍-멍 소리가 높아져요.

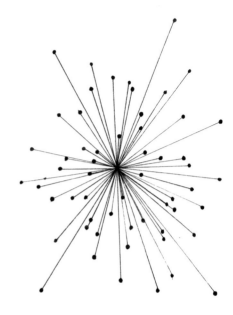

가을 2

맑은 하늘
울긋불긋 단풍

노오란 들국화
풀끝에 대롱대롱 이슬

마지막 찾아오는 겨울
인생의 끝자락을 걷고 있다.

내년에도 그 다음해에도
봄이 오고 가을이 오겠지.

가슴이 허하다.

LOVE

I see a smile from a young baby.

I always think about something.

Something pure like his smile.

I feel lonely when he walks alone.

I am far from him.

Send a message of love to my heart.

I'm alone with a loving heart.

Love is hard.

Love is beautiful.

Love is painful.

But,

Love worth everything.

사랑(Love)

너의 눈 속에서
나를 본다.

어!
눈 속에 내가 있네

마음속 깊은 사랑 못에
내가 앉아 있네.

아마 이것이
사-랑, 인가?!

사랑은 보이지 않는
깊은 곳에 있는가 봐-.

나눔(Sharing)

나눔은
용기일까, 마음일까.

아니
배려일지도 모르지.

아니
꿈일 거야.

비어 있는 한 구석을
채우는 일인지도 모르지.

기쁨 행복 편안함

그 중에 제일은
사랑과 나눔이겠지.

그래,
사랑과 나눔을 시작해야지.

세상은 진짜 진실을 모르는 걸까?

앞뜰의 소나무에 둥지를 틀고 산비둘기가 새끼를 낳는 모양이다. 어미 산비둘기는 쉴 새 없이 하늘을 날아 새끼 먹이를 구해다가 준다. 어느 날 아침 새끼 한 마리가 잔디 위에 떨어져 버둥거린다. 너무 당황한 나머지 어찌할 바를 모르다가 긴 사다리를 구하여 조심스럽게 새끼를 둥지에 넣는다. 산비둘기가 높은 소나무 가지 위에서 나를 지켜보고 있으나 아무런 반응이 없다.

나는 산비둘기에게 새끼 하나 간수하지 못한다고 중얼거렸다. 새끼를 구해 준 나를 칭찬하며 뿌듯한 기분에 쌓였다. 그런데 시내를 다녀와서 보니 그 새끼가 잔디 위에 떨어져 죽어 있었다. 아마도 어미가 새끼를 밀어내어 떨어진 것 같았다. 조금 전 내 마음의 즐거움은 깨끗이 사라졌다. 새끼가 왜 죽음을 당했는지에 대해 깊은 상념에 빠졌다. 나는 죽은 새끼를 진심과 정성을 다해 땅속 깊이 묻었다. 어린 새끼의 죽음을 슬프게 애도하며 장례를 치루었다.

나는 산비둘기의 마음을 알지 못한다. 동네 사람들에게 이야기하니, 동물들도 가끔 키우지 못하는 자식을 버린다고 한다. 사람 세상과 동물 세상이 다를 바 없다는 생각에 힘이 빠진다.

아무리 진심을 말하여도 이기심에 찬 인간과 소통하는 일은 쉽지 않다. 고통과 헌신을 모르는 사람들. 자신의 합리화가 우선인 사람들. 마땅히 해야 할 일에 선심을 쓴 듯 우쭐대는 무리들. 어찌해야 그들에게 진심을 전할 수 있을까? 너무 어렵다. 아무리 생각해도 산비둘기처럼 새로운 틀(frame)을 만드는 것이 최선일지도 모른다. 그러한 세상이 나의 마음을 아프게 한다.

　얼마 남지 않은 시간. 조바심이 나지만 그냥 흘려버려야만 할까. 어느 철학자의 말처럼 고통을 모르는 세대가 이해할 수는 없겠지? 조용히 가슴을 진정하고 세월 따라 나의 길만을 가고 싶다.

외톨이(Loner)

주위에 사람이 없다.

혼자 중얼중얼
나의 말이 메아리친다.

고독이 나의 몸을 감돈다.
나를 나도 모른다.

숲을 본다. 하늘을 본다. 별을 본다.

차츰,
손을 움직인다.
눈빛을 준다.
말을 한다.
가까이 간다.

서로
사랑과 진심을 나눈다.

혼자가 아니네.
내일이 보이네.
사람들이 오네.

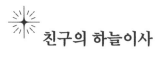

친구의 하늘이사

30년을 같이한 친구가 하느님의 부름으로 갑자기 천국에 갔다. 기쁨과 설움을 한잔 술에 담았던 기억, 시간이 나면 세계 여행을 같이 가자고 설친 때가 엊그제 같은데 이제 곁에 없다고 생각하니 가슴이 먹먹하다. 그는 일년 전 폐암 진단을 받고 당황하면서 그 사실을 부정하였다. 그러나 얼마간의 시간이 흐르고 치료가 잘 되어 회복됐다고 기쁜 소식을 전하던 친구다.

그 후 나는 여러 번 만남을 재촉하였지만 친구는 만남을 꺼려했다. 아마도 병이 재발되어 치료를 하느라 만남을 거절한 것이라는 생각이 든다. 그러던 차 갑작스레 친구의 죽음을 맞이하니 슬픔과 원망의 마음이 교차되었다. 그의 영정 앞에 무릎을 꿇고 슬퍼하지만 무슨 소용이 있는가.

친구가 보고 싶다. 나는 마음을 겨우 진정하고 친구 아들의 손을 꼬옥 잡았다. 아들도 그냥 황망하단다. 의자에 앉아 물을 마시면서 마음을 진정시켰다. 내 자신을 생각하니 슬프기만 하다. 신장도, 폐도 조금씩 죽어 간다니 나조차도 앞날을 예측할 수 없는 시간이다. 지금 내 나이 여덟 고개를 넘고 있다. 요즈음 남의 걱정보다 내 걱정이 앞선다. 못다한 일들, 힘들지만 건강을 지키며 하나씩 해결해 나가자고 매일매일 새로운 다짐을 한다. 이 깊은 밤에 남은 생애를 아름답게 꾸미자고 다짐한다.

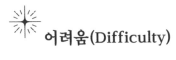

어려움(Difficulty)

2022, 가을

회사를 시작한 지 40여 년, 힘차게 달려오다가도 주춤주춤 걷는다. 다시 일어나 뛰는 반복되는 세월들. 이 고비를 넘을 때마다 느끼는 절박한 마음은 아무도 모른다. 때로는 호소를 하고, 화도 내본다. 힘들 때 같이 가려고 선뜻 나서는 인물은 거의 없다. 그렇지만 자신이 책임을 지고 같이 가자는 친구들이 몇 있어 힘이 된다. 덕분에 다시 뛸 수 있다. 나는 아마도 그들을 위해 이 시간을 극복하고 새로운 길을 찾을지도 모른다. 나와 생각이 먼 친구는 그저 제 갈길만 가고 있다. 무엇을 탓하랴.

'위기일수록 위기의식이 없으면 위기를 극복할 수 없다.' 나의 말은 메아리처럼 허공에 퍼진다. 나는 곰곰히 생각한다. 공동체에서 만나는 사람들 대부분 제각기 생각만 하고 행동을 안 한다. 옛날 우리 젊은 시절, 모두 모여 파이팅을 외치며 밤낮 없이 일하던 시간이 아련하고 그립다. 어려울수록 함께 하고 웃고 울고 하던 세월이 주마등처럼 흐른다. 그 힘이 지금의 대한민국을 만든 힘이라고 지금도 자부한다.

물론 그때도 외톨이가 없었던 것은 아니다. 하지만 어려운 처지를 같이한 세월이 있기에 뭉칠 수 있다. 우리라는 단어를 자신 있게 말할 수도 있다. 그러나 지금 시대는 아니다. '어려서 배우지 않으면 늙어서 아는 것이 없고', '봄에 밭을 갈지 않으면 가을에 바랄 것(수확)이 없으며', '아침에 일찍 일어나지 않으면 하루에 할 일이 없다'라는 논어의 글귀를 혼자서 생각하지만 그저 공염불일 뿐이다. 그러나 나와 생각을 같이하는 친구가 한명이라도 있다면 이 어려운 시간들을 헤쳐나갈 수 있을 것 같다.

장마

비가 와요.
보슬비 아닌 가랑비 아닌.

세차게 퍼붓는 장대비
순식간에 물이 고여요.

찌꺽, 찌꺽
운동화 속에도 물이 차요.

코스모스도 국화도
삐죽이 고개 들고 비를 맞아요.

세차게 때리는 비 때문에
이따금씩 아프기도 하지요.

어제도 장대비, 오늘도 장대비
흙탕물이 흘러요.

사람이 다치고

울음이 하늘을 날아요.

갑자기 다가온 재난이
가슴을 울려요.

장마 속에서 하늘을 봐요.
기도를 해요.

미사

나이 일흔일곱에 몸에 이상이 생겼습니다. 전부터 심장에 이상이 있었는데 또다시 신장에 문제가 발생하여 음식을 조심하고 열심히 신장 치료에 전념하던 차 2022년 여름에 새로이 폐섬유증이 발견되어 신약으로 치료를 하고 있습니다. 2023년 봄에는 폐렴 증상으로 폐가 갑자기 나빠져 체중이 감소하고 식욕이 감퇴되었습니다. 겉으로 보기에도 환자와 같은 처지가 되었지요. 그러자 주위의 친구며 성당의 형제자매님들의 걱정이 이만저만한 것이 아닙니다. 소문은 어찌도 빠른지요. 동네에 넓게 알려지니 걱정하는 전화가 빗발칩니다. 특히 성당의 지인들이 연이어 나를 위해 미사 봉헌을 해주었습니다. 하루에도 수많은 기도가 이어지니 나의 몸이 더 귀중한 것 같습니다.

봄부터 시작해 여름 내내 약의 부작용으로 고생했습니다. 운동도 못하고 밖에 나가는 것조차 두려웠습니다. 72kg이었던 체중이 몇 달 만에 64kg으로 줄어 보는 사람마다 걱정이 태산이니 참 미안하고 죄송합니다.

여름방학이 되어 캐나다에서 온 손자 손녀가 한 달간 우리 집에 머물고 있으니 생활 패턴이 깨지고 몸도 무거웠습니다. 손자 손녀를 캐나다에 보내고 새로운 마음으로 다시 아침 운동을 시작합니다. Latte와 함께 운동을 하니 내 마음도 즐겁습니다. 보라매공원에서 그간 보지 못한 친구도 만납니다. 가을바람까지 살랑 불어와 몸과 마음이 가

벼워졌습니다.

앞으로 될 수 있으면 매일 운동장에 나가 처진 몸을 일으키고 마음도 살피고 싶습니다. 하느님, 나를 아는 모든 분들에게 건강과 행복을 주세요. 진한 마음으로 기도를 합니다.

코로나

2022.12.1.

코로나 4차 접종 문자 메시지를 받았다. 나는 외국에 갈 일정이 있어 아내한테만 코로나 접종을 하라고 권하였다. 아내는 순순히 응하여 접종을 하였다. 나는 외국에 갔다 와서 접종을 할 요량으로 아내의 동태를 살피며 서산 집으로 향했다.

아뿔싸! 아내의 몸 상태가 이상하고 코로나와 비슷한 증상이 나타났다. 바로 병원에 가서 검사를 하니 양성 반응이 나왔다. 나와 Latte는 격리해야 한다며 야단을 떨었다. 그리고 나는 Latte의 밥과 패드를 챙겨 내 사무실이 있는 4층으로 내려왔다. 간단한 짐을 가지고 하루를 보내기로 했으나 밤이 되자 잠자리가 마땅치 않았다. 아내에게 안방에서 나오지 말라 당부하고 다시 6층으로 올라가 Latte와 함께 내 방에서 편히 잤다.

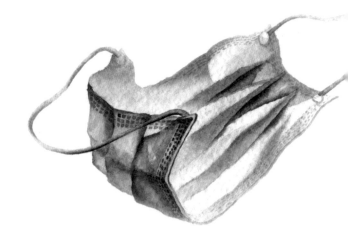

12월 1일, 고등학교 망년회를 가려고 옷을 갈아입는데 다리에서 횡하고 찬바람이 몰려오더니 몸이 오싹했다. 별 문제가 없겠지, 하고 친구들과 즐겁게 송년회를 마치고 집에 오니 한기가 돌고 독감 기운이 엄습한다. 혹시나 하여 간이로 코로나 검사 키트를 한 결과 음성 반응이 나왔다. 안심하고 어제와 같이 아내와 격리한 채로 Latte와 같이 다시 하루 밤을 지냈다.

아침이 되자 목이 아프고, 기침을 하고, 몸이 오싹오싹 추워온다. 집에 남아 있는 코로나 검사 키트가 있어 재검사를 하니 양성 반응이 나왔다. 아내에게 말한 후 마스크를 두 개씩 하고 병원에 가서 다시 검사하니 역시 마찬가지다.

외국도 가야 하는데 걱정이 태산 같다. 다행히 코로나 격리 해제일이 12월 8일. 출잘 전에 해제가 되니 다행이라고 생각하고 약국에서 약을 타가지고 집으로 왔다. 지루한 시간을 어떻게 보낼까. 유튜브로 인문학 강의를 듣기로 했다. 책상에 앉아서, 누워서 내가 듣고 싶은 인문학 강의를 열심히 들었다. 인생이란 어차피 가는 길도 하나요, 끝나는 지점도 하나인 것을. 초조하고 두려워할 필요 없다. 비겁하지 않게 짧든 길든 그 길을 가자. 그것이 나다운 것이다. 목숨은 누구든 하나뿐이니까.

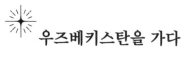

우즈베키스탄을 가다

2022.12.11

출장 갈 준비로 가방을 챙기고 그곳에서 입을 옷들을 준비했다. 무엇보다 중요한 건 하루도 빠짐없이 복용해야 하는 약이다. 현재 내가 먹는 약은 심장병, 신장병, 그리고 요즘에 발병한 폐질환 약, 비뇨기과 약까지 많기도 많다. 더하여 이번 코로나 처방약까지 합하니 한 번에 먹는 약의 양이 놀랄 정도다.

전에도 고혈압 등 여러 가지 약을 먹던 중 의사 선생님께서 약물 과다 복용이 신장에 심각한 영향을 줄 수 있다고 하셨다. 최소한으로 약을 줄였는데 다시 코로나19 치료로 한줌씩 약을 먹게 되니 마음이 무겁다. 건강이 중요하지만 회사에 문제가 생길 때마다 외국에서 해결을 해야 하는 처지이니 어찌 하겠는가?

적어도 내년까지는 중앙아시아, 베트남, 아프리카 프로젝트가 많은 관계로 내가 직접 출장을 갈 일이 많다. 직원 수도 적고 그마저도 일을 소화해 내지 못하는 상황이라 내가 만나서 추진해야 하는 처지이다. 지금까지 40여 년간 다닌 출장이지만, 나이가 들어서일까. 점점 힘에 부친다.

나의 머릿속에는 세계 인류의 건강 증진을 위해 최선을 다해야 한다는 생각뿐이다. 자부심이 대단해서 어려운 상황이 와도 정신이 번쩍 난다. 한평생 걸어온 길이지만 일만 보면 물러서지 않고, 앞으로 직진하는 나의 단점을 원망도 해본다.

그럼에도 젊은 혈기에 도전조차 못하고 물러서는 친구들 보면 마음이 좋지 않다. 뭐가 일이 그리 무서울까. 편한 것만 찾는 사람들. 돈만 아는 사람들. 가치관은 눈곱만치도 없는 사람들이 그저 안타까울 뿐이다.

3박 4일간 우즈베키스탄 출장을 생각하며 상념에 잠긴다. 내가 나를 생각해도 걱정이지만, 성격대로 살 수밖에 없다는 생각이 든다. 옆에서는 Latte가 나를 멍하니 쳐다보고 있다. 할아버지는 어떤 사람이야? 묻고 있는 것 같다.

곰곰가족문고005

지난 세월
어찌 잊으리

초판 1쇄 발행 2025년 3월 15일

지은이 **김세호**
펴낸이 **임현경**　　책임편집 **홍민석**　　편집디자인 **김선민**

펴낸곳 **곰곰나루**
출판등록 제2019-000052호(2019년 9월 24일)
주소 서울특별시 양천구 목동서로 221 굿모닝탑 201동 605호
전화 02-2649-0609
팩스 02-798-1131
전자우편 merdian6304@naver.com
인터넷 카페 https://cafe.naver.com/gomgomnaru
유튜브 채널 곰곰나루

책값 23,000원

ISBN 979-11-92621-20-3 (03810)